一寸光阴一寸暖

周海亮 著

作家出版社

目　录
CONTENTS

2

第一辑　洗手间里的晚宴

第一编 太平间里的报美

春光美

街路画一条漂亮的弧线，探进公园深处。公园绿意盈盈，却有桃红粉红轻轻将绿意打破。柳絮纷飞，落满松软的一地。鸽子们悠闲地散步，孩子们快乐地追逐，空气里弥漫着沁人心脾的花香。春天属于山野，属于城市，属于公园里每一朵勇敢开放的丑丑的小花。

公园的小径上走着一个女孩。女孩的棍子畏畏缩缩，慌乱且毫无章法。棍子戳戳点点，碰到了毫无防备的老人。

老人轻微地"嘘"了一声。

"对不起，"女孩急忙停下来，"对不起……戳痛你了吧……真的对不起，我是一个盲人……"

"没关系的，"老人轻轻地笑，"我知道，你只是有些不便。"

"只是有些不便？"女孩的神情霎时黯淡下来，"可是我看不见了，永远看不见了……就像现在，每个人都可以在这里欣赏春色，我却不能……"

"可是孩子，春色只是为了给人看吗？春天里的一花一草，只是为给人欣赏而存在吗？"

"难道不是吗？"

"当然不是。"老人说，"比如我面前就有一朵花。这朵花很小，淡蓝色，五个花瓣。也许它本该六个花瓣吧？那一个可能被蚂蚁们吃掉了……花瓣接近透明，里面是鹅黄色的花蕊……我可以看得见这朵花，然而你看不到。可是这朵花因为你没有看见它而开得松懈吗？还有那些有残缺的花儿，比如被虫儿吃掉花瓣，啃了骨朵，比如被风雨所折断，被石块所挤压，它们可曾因为它们的残缺和大自然给予它们的不公就拒绝开放吗？

"孩子，你要知道，当秋天来临，所有春天开过的花儿，都会结成种子。就像我眼前的这朵小花，它也会结出它的种子……这与它的卑小无关……更与它的残缺无关……它是一朵勇敢的花儿，勇敢的花儿都是快乐和幸福的。

"花儿就像你，你就是花儿……为什么闷闷不乐呢？为什么要放弃开放的机会呢？为什么要放弃整个春天呢？"

4

"我没有放弃春天……可是我看不到春天……"

"你还可以去触摸春天。孩子，你可以触摸花草，触摸鸽子，触摸阳光与柳絮……其实盲人也是可以看到这世界的，却不是用眼睛，而是用心，用感觉，甚至，用爱……"

"您是说，用爱吗？"

"是的，孩子。只有用爱才能真正感受春天，读懂春天。我知道你看不见春天，可是你的心里，难道不能拥有一个温暖而美好的春天吗？只要你还相信春天，那么对你来说，这世上就还有春天，你的心中就会万紫千红。我说得对吗，孩子？"

"可是我不知道这里的春天是什么样子的。奶奶，您愿意把您看到的告诉我吗？"

"当然可以，孩子，我很乐意……你的面前有一朵花，蓝色的花儿，五个花瓣……你的旁边有一棵树，长出嫩绿色的叶子……再旁边有一个草坪，碧绿的草坪，有人在浇灌……再往前，是一条卵石甬道，鸽子们飞过来了，轻轻啄着人们的手心……"

女孩听得很是痴迷。她的表情随着老人的讲述而变化，每一种变化，都是天真和幸福的。似乎，女孩真的看到了整个春天。

女孩是笑着离开的。她的棍子在甬路上敲打出清脆的声音。她步履轻松。她像春的精灵。

然后，老人轻轻拍拍她身边的导盲犬。她说："虎子，我们该回家了。"她戴着很大的墨镜，悄无声息地走向春的深处……

一朵一朵的阳光

七月的阳光直直地烘烤着男人的头颅，男人如同穿在铁钎子上的垂死的蚂蚱。他穿过一条狭窄的土路，土路的尽头，趴着一座石头和茅草垒成的小屋。男人在小屋前站定，擦一把汗，喘一口气，轻轻叩响铁锈斑斑的门环。少顷，伴随着沉重的"嘎吱"声，一个光光的暗青色脑壳出现在他的面前。

"你找谁？"男孩扶着斑驳的木门，打量着他。

"我经过这里，迷路了。"男人专注地看着男孩，"能不能给我一碗水？"他目送着男孩进屋。然后在门前的树墩坐下。

男孩端来了水。男人把一碗水一饮而尽。那是井水，清冽，甘甜，喝下去，酷热顿消。男人满足地抹抹嘴，问男孩："只有你一个人吗？你娘呢？"

"她下地了。"男孩说,"她天黑才能回来,回来的路上她会打满一筐猪草,回来后还得做饭,吃完饭她还得喂猪,或者去园子里浇菜……除了睡觉,她一点儿空闲都没有。今天我生病了,我没陪她下地。"

"你生病了吗?"男人关切地问他。

"早晨拉肚子。不过现在好了。"男孩眨眨眼睛说。

"你今年多大?"男人问他,"七岁?"

"你怎么知道我七岁了?"男孩盯着男人。

男人探了探身子,他想摸摸男孩青色的脑壳。

男孩机警地跳开,说:"我不认识你。"

"你们怎么不住在村子里了?"男人笑笑,手僵在空中。

"本来是住在村子里的,我爹和别人打架,把人打残,跑了,娘说她在村子里抬不起头,就搬到山上来。娘说他的罪,顶多判三年,如果他敢承担,现在早就出来了……可是他跑了。"

男孩又给男人一碗水,男人再次喝得精光。燥热顿消,久违的舒适从牙齿直贯脚底。男人将空碗放在树墩上,问男孩:"你和你娘,打算就这样过下去吗?"

男孩仰起头:"娘说,在这里等爹。"

"可是他逃走了。他怕坐牢,逃走了……你们还能等到他吗?"

"不知道。"男孩说,"我和我娘都不知道。可是娘说我们在这里等着,就有希望。如果他真的回来,如果他回来以后连家都没有了,他肯定会继续逃亡。那么,这一辈子,每一天,他都会提心吊胆……"

"就是说你和你娘仍然在乎他?"

"是的。他现在不是我爹,不是娘的男人。"男孩认真地说,"可是如果他回来,我和我娘,都会原谅他的。"

男人叹一口气,站起来,似乎要继续赶路。突然他顿住脚步,问男孩:"你们为什么要砍掉门前这些树?"

"因为树挡住了房子。"男孩说,"娘说万一哪一天,我爹知道我们住在这里,突然找回来,站在山腰,却看不到房子,那他心里,会有多失望哪!他会转身就走,再也不会回来吧?娘砍掉这些树,用了整整一个春天……"

男人沉默良久。太阳静静地喷射着火焰,世间的一切仿佛被烤成了灰烬。似乎,有生以来,男人还是头一次如此畅快地接受这样炙热的阳光。

他低下头,问男孩:"我能再喝一碗水吗?"

这一次,他随男孩进到屋里。他站在角落里,看阳光透过窗棂爬上灶台。

"看到了吗?"男孩说,"灶台上,有一朵阳光。"

"一朵？"

"是的，娘这么说的。娘说阳光都是一朵一朵的，聚到一起，抱成团，就连成了片，就有了春天。分开，又变成一朵一朵，就有了冬天。一朵一朵的阳光聚聚合合，就像世上的人们，就像家。"男孩把盛满水的碗递给男人，"娘还说，爬上灶台的这朵阳光，某一天，也会照着爹的脸呢。"

男人喝光第三碗水。他蹲下来，细细打量男孩的脸。男人终于流下一滴泪，为男孩，为男孩的母亲，也为自己。他从怀里掏出一张照片，哽咽着，塞给男孩。他说："从此以后，你和你娘，再也不用担惊受怕了……可是你们，至少，还得等我三年。"

照片上，有年轻的男人、年轻的女人，以及年幼的男孩。

男人走出屋子，走进阳光之中。一朵一朵的阳光，抱成了团，连成了片，让男人不想再逃了……

嗨，迈克！

　　迈克得了一种罕见的病。他的脖子僵直，身体僵硬，肌肉一点一点地萎缩。他的病越来越重，最后完全失去了自理能力。他只能坐在轮椅上，保持一种固定且怪异的姿势。他只有十四岁，十四岁的迈克认为自己迎来了老年。不仅因为他僵硬不便的身体，还因为，他的玩伴们，突然对他失去了兴趣。

　　母亲常常推着迈克，走出屋子。他们来到门口，来到阳光下，背对着一面墙。那墙上爬着稀疏的藤，常常有一只壁虎在藤间快速或缓慢地穿爬。以前迈克常盯着那面墙和那只壁虎，他站在那里笑，手里握一根棒球棒。那时的迈克，健壮得像一头牛犊。可是现在，他只能坐在轮椅上，任母亲推着，穿过院子，来到门前，靠着那面墙，无聊且悲伤地看面前三三两两的行人。现在他看不到那面墙，僵硬的身体让那面墙总是伫立在他身后。

十四岁的迈克曾经疯狂地喜欢诗歌。可是现在，他想，他没有权利喜欢上任何东西——他是一位垂死的老人，是这世间的一个累赘。

可是那天黄昏，突然，一切都发生了改变。

照例，母亲站在他的身后，扶着轮椅，捧一本书，给他读一个又一个故事。迈克静静地坐着，心中盈满悲伤。这时有一位美丽的女孩从他面前走过——那一刻，母亲停止了朗诵。迈克见过那女孩，她曾和自己就读同一所学校。只是打过照面，他们并不熟悉。迈克甚至不知道女孩的名字。可那女孩竟在他面前停下，看看他，看看身后的母亲。然后，他听到女孩清清脆脆地跟他打招呼："嗨，迈克！"

迈克愉快地笑了。他想，原来除了母亲，竟还有人记得他的名字，并且是这样一位可爱漂亮的女孩。

那天母亲给他读的是霍金。一位杰出的物理学家，一位身患卢伽雷氏症的强者。他的病情，远比迈克严重和可怕百倍。

那以后，每天，母亲都要推他来到门口，背对着那面墙，给他读故事或者诗歌。每天，都会有人在他面前停下，看看他，然后响亮清脆地跟他打招呼："嗨，迈克！"大多是熟人，偶尔，也有陌生人。迈克仍然不能动，仍然身体僵硬。可是他不再认为自己是一个累赘。因为有这么多人记得他，问候他。他想这世界并没有彻底将他忘却。他没有理由悲伤。

几年里，在母亲的帮助下，他读了很多书，写下很多诗。他用微弱的声音把诗读出，一旁的母亲帮他写下来。尽管身体不便，但他果真过得快乐且充实。后来他们搬了家，他和母亲永远告别了老宅和那面墙。再后来他的诗集得以出版——他的诗影响了很多人——他成了一位有名的诗人。再后来，母亲年纪大了，在一个黄昏，静静离他而去。

很多年后的某一天，他突然想给母亲写一首诗，想给那老宅和那面墙写一首诗。于是，在别人的帮助下，他回到了老宅。

那面墙还在。不同的是，现在那上面，爬满密密麻麻的青藤。

有人轻轻拨开那些藤，他看到，那墙上，留着几个用红色油漆写下的很大的字。那些字已经有些模糊，可他还是能够辨认出来，那是母亲的字迹：

嗨！迈克！

洗手间里的晚宴

女佣住在主人家附近，一爿破旧平房中的一间。她是单身母亲，独自带一个四岁的男孩。每天她早早帮主人收拾完毕，然后返回自己的家。主人也曾留她住下，却总是被她拒绝。因为她是女佣，她非常自卑。

那天主人要请很多客人吃饭。客人们出身上流，个个光彩照人。主人对女佣说：今天你能不能辛苦一点儿，晚一些回家。女佣说：当然可以，不过我儿子见不到我，会害怕的。主人说：那你把他也带过来吧……不好意思今天情况有些特殊。

那时已是黄昏，客人们马上就到。女佣急匆匆回家，拉了自己的儿子往主人家赶。儿子问：我们要去哪里？女佣说：带你参加一个晚宴。

四岁的儿子并不知道，自己的母亲是一位用人。

女佣把儿子关进主人家的书房。她说：你先待在这里，现在晚宴还没有开始。然后女佣进了厨房，做菜切水果煮咖啡，忙个不停。不断有客人按响门铃，主人或者女佣跑过去开门。有时女佣进书房看看，她的儿子正安静地坐在那里。儿子问：晚宴什么时间开始？女佣说：不急。你悄悄在这里待着，别出声。

可是不断有客人光临主人的书房。或许他们知道男孩是女佣的儿子，或许并不知道。他们亲切地拍拍男孩的头，然后自顾自翻看着主人书架上的书，并对墙上的挂画赞不绝口。男孩始终安静地坐在一旁。他在急切地等待着晚宴的开始。

女佣有些不安。到处都是客人，她的儿子无处可藏。她不想让儿子破坏聚会的快乐气氛，更不想让年幼的儿子知道主人和佣人的区别，富有和贫穷的区别。后来她把儿子叫出书房，并将他关进主人的洗手间。主人的豪宅有两个洗手间，一个主人用，一个客人用。她看看儿子，指指洗手间里的马桶。这是单独给你准备的房间，她说，这是一个凳子。然后她再指指大理石的洗漱台，这是一张桌子。她从怀里掏出两根香肠，放进一个盘子里。这是属于你的，母亲说，现在晚宴开始了。

　　盘子是从主人的厨房里拿来的。香肠是她在回家的路上买的。她已经很久没有给自己的儿子买过香肠。女佣说这些时，努力抑制着泪水。没办法，主人的洗手间是房子里唯一安静的地方。

　　男孩在贫困中长大。他从没见过这么豪华的房子，更没有见过洗手间。他不认识抽水马桶，不认识漂亮的大理石洗漱台。他闻着洗涤液和香皂的淡淡香气，幸福得不能自拔。他坐在地上，将盘子放上马桶盖。他盯着盘子里的香肠和面包，为自己唱起快乐的歌。

　　晚宴开始的时候，主人突然想起女佣的儿子。他去厨房问女佣，女佣说她也不知道，也许是跑出去玩了吧。主人看女佣躲闪着目光，就在房子里静静地寻找。终于他顺着歌声找到了洗手间里的男孩。那时男孩正将一块香肠放进嘴里。他愣住了。他问：你躲在这里干什么？男孩说：我是来这里参加晚宴的，现在我正在吃晚餐。他问：你知道这是什么地方吗？男孩说：我当然知道，这是晚宴的主人单独为我准备的房间。他说：是你妈妈这样告诉你的吧？男孩说：是……其实不用妈妈说，我也知道。晚宴的主人一定会为我准备最好的房间。不过，男孩指了指盘子里的香肠，我希望能有个人陪我吃这些东西。

主人的鼻子有些发酸。用不着再问，他已经明白了眼前的一切。他默默走回餐桌前，对所有的客人说：对不起，今天我不能陪你们共进晚餐了，我得陪一位特殊的客人。然后他从餐桌上端走两个盘子。他来到洗手间的门口，礼貌地敲门。得到男孩的允许后，他推开门，把两个盘子放到马桶盖上。他说：这么好的房间，当然不能让你一个人独享……我们将一起共进晚餐。

那天他和男孩聊了很多。他让男孩坚信洗手间是整栋房子里最好的房间。他们在洗手间里吃了很多东西，唱了很多歌。不断有客人敲门进来，他们向主人和男孩问好，他们递给男孩美味的苹果汁和烤得金黄的鸡翅。他们露出夸张和羡慕的表情。后来他们干脆一起挤到小小的洗手间里，给男孩唱起了歌。每个人都很认真，没有一个人认为这是一场闹剧。

多年后男孩长大了。他有了自己的公司，有了带两个洗手间的房子。他步入上流社会，成为富人。每年他都要拿出很大一笔钱救助一些穷人，可是他从不举行捐赠仪式，更不让那些穷人知道他的名字。有朋友问及理由，他说：我始终记得多年前，有一天，有一位富人，有很多人，小心地维系了一个四岁男孩的自尊。

特雷西的单车

特雷西是母亲的儿子。

外乡人来到母亲的花园，见到那辆单车。单车拴在一棵树上，那棵树很细，很矮。看得出树刚栽下不久，也看得出单车刚买不久，似乎没有骑过。外乡人向母亲讨一杯水，慢慢喝着，与母亲讨论着刚刚打响的战争。临走时，她问母亲：谁的单车？母亲说：特雷西。特雷西的单车。特雷西是我的儿子。外乡人不说话了。刚才，母亲跟她说过特雷西。

特雷西是妹妹的哥哥。

妹妹坐在花园的秋千上，母亲坐在她的身边。妹妹对母亲说：我想有一辆单车。母亲说：战争没完没了地打，面包都开始限量供应了，哪还能买到单车？妹妹看看拴在树上的单车,那棵树长高了长粗了,那单车变得破旧。她说:这单车再不骑的话,就再也骑不了了。母亲说:可是这是特雷西的单车。妹妹不说话了。那是哥哥的单车,她不能碰哥哥的东西。

特雷西是易羞的男孩。

男孩闯进花园,见到那辆单车。单车锈迹斑斑,车轮开始扭曲。单车拴在树上,那棵树更高更粗。男孩有些好奇,问:这是谁的单车?她说:特雷西。特雷西的单车。特雷西是我的哥哥。男孩说:再不取走单车的话,它要长到树里面了。她说:母亲说过,谁也不能动特雷西的单车。男孩不说话了。他听母亲说过特雷西。他知道特雷西是一个易羞的男孩。但他头一次知道,易羞的特雷西还有一辆几乎没有骑过的单车。

特雷西是外甥的舅舅。

男孩仰起头,看着那棵树。树很高,枝叶繁茂。单车被树干挤得变了形状,一部分深深杀进树干。男孩问母亲:为什么要把单车拴到树上?母亲说:单车是特雷西拴上去的。男孩说:特雷西就是舅舅吗?母亲说:特雷西就是舅舅。他把单车拴到这里,谁都不能动。男孩上前,摸摸单车。他被烫了一下。似乎那辆单车刚刚被人骑过,尽管它已变成一堆废铁。

特雷西是一段往事。

战争早已结束，城市早已重建。现在，一条公路需要穿过花园。她带着来人，来到树旁。现在单车悬空，完全嵌进树干，似乎是从树里面生长出来的。来人问她：谁的单车？她说：特雷西。我哥哥特雷西。来人说：可是这条公路需要穿过花园。她说：不行。特雷西的东西，谁也不能动。她给来人讲特雷西的故事，一点一点，时间回到从前。来人上前，摸摸单车，叹一口气，说：我会转达您的建议，夫人。

特雷西只是一辆单车。

两年以后，公路修好，却小心地绕开了那棵树。树的周围多出一圈围栏，围栏上挂一个木牌，上面写着：

特雷西的单车。

下面，三行字：

1914 年，男孩把自行车锁在这棵树上，就去参加战争了。从此以后，他再也没有回来。这男孩就是特雷西。

这男孩就是特雷西。他在战场上死去，在参加战争一个月以后。母亲得知这个消息的时候，女儿还很小，单车还是新的。除了这辆单车，特雷西没有留下任何东西，包括遗体或骨灰。甚至，当他的母亲死去，世上再无人记得他的模样。

现在的特雷西，只是一辆长到树里的单车。

丢失的梦

母亲对槐说：槐啊，昨夜里你爸的眼镜，上了雾水。我给他擦，怎么也擦不干净……

槐说：后来呢？

母亲说：后来你爸找来一个大木盆，把我，还有你，抱上去。他推着木盆，划啊，划……我闭着眼睛，给你爸唱歌……我不停地唱……唱啊，唱……突然一个大浪打来，你爸就不见了……

那时他们正吃中饭。母亲夹一块鱼，小心地择去上面的刺。她的表情，平静得像黄昏的湖面。

槐不厌其烦地听母亲讲梦，听了三十年。母亲的梦千姿百态，千奇百怪，千头万绪，千变万化。进到她梦里的人，可能有两个，可能有两百个，可能有两千个；梦中的地点，可能在小屋或者马路，可能在河川或者森林……甚至有一次，母亲对槐说：那时我正在月亮上赶刘庄大集……可是她的梦不管如何变化，有一点一成不变。那就是，槐年轻的父亲，总是固执地在她梦里出现。

槐完全忘记了父亲的样子。槐的父亲没有留下任何一张照片。那时母亲还很年轻，鲜花般娇艳的脸，稗子般饱满的身子。那时槐还在襁褓，像未及睁眼的粉色透明的小狗或者小猫。大水眨眼就来了，房子成为落叶，在水中翻着跟头。父亲说：跑。他抱起女人，女人抱起槐，他把女人和槐抱进木盆。木盆漂起来了，他也漂起来了。他凫水的姿势怪异并且笨拙，从母亲多次的描述中，槐判断出父亲用了狗刨。母亲说：你累吗？父亲说：眼镜湿了，你帮我擦。母亲就帮他擦干眼镜，再帮他戴上。擦干的眼镜在几秒钟后被重新打湿，巨大的水珠像镜片淌出的汗。槐在母亲怀里号啕，父亲在漫天洪水里微笑。母亲说：你累吗？父亲说：你唱支歌给我听吧。母亲就开始唱。她不停地唱，不停地唱。后来她睡过去。睡过去的她，仍然唱得声情并茂。再后来她醒过来。醒过来，只看见一片银亮黄浊的水。

从此，母亲只能在梦中，见到自己的丈夫。她和他牵手和相拥，缠绵和怄气，卿卿我我和剑拔弩张，恩恩爱爱和白头偕老。梦成为母亲平行并游离现实的另一个世界，她深陷其中，不能自拔。每天她都要给槐讲述自己的梦。有一天她说：昨天我给你爸，拔掉十二根白头发。有一根，分了叉……

槐盯着母亲，他发现母亲是那样苍老。母亲的身体飞快地僵化，像一枚风干的枣，落下了，静静等待着冬的掩埋。槐说：妈您休息不好吗？母亲说：习惯了。这么多年，天天晚上做梦，醒了，就再也睡不着。母亲再一次陷入沉思。槐知道，其实，她怕所有的梦。因为父亲总会在梦中出现，三十年来，一夜也没有落下。梦让母亲在梦里兴奋异常，在醒后伤心不已。

母亲对槐说：槐啊，昨夜里你爸，嫌我把菜炒咸了。这个死老头子……

年轻的父亲，竟然在母亲的梦里，一点一点地变老。槐想着这些，心隐隐地痛。

槐找到学医的大学同学，把他请到家中，吃了一顿饭。饭后，同学悄悄告诉他：你的母亲，需要更多的休息。

槐说：可是她并不累。

同学说：可是她睡眠不好。这样下去，她的身体会彻底垮掉。

24

槐说：可是她三十年来一直这样。

同学说：可是她现在年纪大了。年纪大了，就不比以前。总之，她不需要梦，她只需要更深的睡眠。

槐听了同学的话。他的菜谱严格按照了同学的指点。茶几上有茶，客厅里有淡淡的曲子。所有的一切，全是槐的精心安排，全都有助于母亲的睡眠。槐不想让母亲过早衰老。尽管，他似乎无能为力。

终于，那天饭桌上，母亲没有讲她的梦。母亲静静地吃饭，眼睛盯着碗里的米饭。母亲不说话，槐也不敢吱声。后来母亲放下筷子，叹一口气，站起来。槐说：妈。

母亲抬了头。她眨一下眼，眼角多出一条皱纹；再眨一下眼，再多一条皱纹。槐说：妈，您今天没给我讲您的梦。

母亲笑了笑。她说：昨天夜里，我没有做梦。昨天夜里，我把你爸弄丢了。槐啊，你说，是不是人老了，连梦都会躲开？

槐说：妈，您睡得好，是好事情。听说，这样可以长寿。

母亲再笑笑。笑出两行泪。那泪顺着她的笑纹，蜿蜒而下。她说：可是这样的话，活一千年，又有什么用呢？如果没有梦，如果梦中不能相见，我靠什么，活下去呢？

发如雪

父亲头发一直很好。乌黑，浓密，带一点微卷。即使是那段最艰苦的日子，当他衣冠不整、夜夜失眠，当他东奔西走、穷困潦倒，当皱纹挤满额头，当脊背压得弯曲，那头发，仍然亮泽茂密，生机勃勃。现在父亲六十多岁，因了头发，他认为自己是年轻人。

那天父亲鼓足勇气，对儿子说：我想搬出去住些日子。儿子说：回乡下？父亲说：不是回乡下。还在城里，是搬到别处住。儿子说：爸您在这里住得不开心？我做错什么了吗？父亲说：我没有不开心。你也没做错什么。我在这里住得很好。我只不过想搬出去住些日子。儿子问：可是为什么呢？您真要搬出去的话，邻居们会怎么看我呢？父亲不说话了。他用手轻捋着自己的头发。一头乌发光可鉴人，有着自然流畅的微卷。

几天后儿子下班，见客厅里坐一位大妈。她和父亲隔着茶几聊天，父亲正笨拙地削一只苹果。父亲削好苹果，欠欠身子，递给她。她接过，说：谢谢。父亲说：介绍一下，这是我儿子，这是你张婶。儿子说：张婶好。父亲说：我们跳扇子舞时认识的，老乡。你张婶，是领舞呢。儿子说：张婶您吃苹果。父亲说：刚才在超市里遇见，顺便来咱家坐坐。儿子说：中午别走了张婶，留下吃饭。张婶说：不了不了，得回。就起了身。儿子说：不容易来一趟吃了饭再走吧。张婶却已走到门口，一边穿鞋，一边咬着手里的苹果。

父亲问儿子：我跟你说过张婶吗？儿子说：没有。父亲说：我记得跟你说过。老乡，离咱村，五里。儿子说：您从没说过。父亲说：她一年前搬到城里，儿子在国外，她一个人，住四室一厅。儿子说：这样啊。父亲说：是，是这样。他轻捋着自己的头发。那是年轻人才有的头发。一丝不苟，非常有型。

父亲很久没有再提搬出去住的事，倒让儿子有些不安。那天儿子鼓足勇气说：爸如果您真想搬出去住，就搬吧。不过您得告诉我您要搬到哪里，我们总得有个联系。父亲说：还是算了，邻居们会笑话。儿子说：咱不管邻居了，还能为邻居活着？父亲说：再等等，现在不方便……我再考虑考虑。

儿子再一次看到了张婶。张婶眼睛红红的，仍然和父亲隔着茶几坐着，父亲仍然给她削一只苹果。儿子说：张婶今天留下吃饭吧。张婶摆摆手：不了，得回。站起来往外走。父亲说：苹果！张婶就站在那里等。她接过父亲递给她的苹果，咬一口，冲父亲笑。笑容让她更显苍老。

吃晚饭的时候，父亲突然问儿子：如果你也出国，会不会带上我？儿子说：肯定会。父亲说：肯定吗？儿子说：当然。父亲就垂了头。他说：前些日子张婶的儿子从国外回来，明天回去。这次，要带上张婶。儿子说：带上好，省得她一个人寂寞。父亲说：带上好？儿子点点头：当然。父亲的头，就垂得更低。他把手指插进头发，一下一下地捋。儿子说：爸，您头上怎么有白头发？父亲说：其实你应该认识你张婶的，你妈走后，她接济过咱们。没有她，或许你读不完大学。儿子说：爸您怎么不早说？父亲说：我说过了。儿子说：您绝对没说过……您说是跳扇子舞认识的。父亲说：我肯定说过。儿子说：爸，您头上，真有白头发了。父亲说：哦，帮我拔掉吧。儿子就帮他拔。拔掉后又发现一根，再拔掉再发现一根，仿佛白发在刹那间，飞快地长出来。儿子慌了，他说：怎么这么多呢爸？父亲说：我老了，当然有白发。儿子说：爸您不老。父亲说：是老了……等来等去，就老了。

　　第二天吃早饭的时候，晨练的父亲还没有回来。儿子心生纳闷，出去找他。他沿一条街走了很久，终于看见父亲。父亲正从一家理发店往外走，他发现，自己的父亲，竟然剃成了光头！

　　父亲对他说：一会儿，得去送你张婶……来不及染了。

　　儿子冲进理发店。他看到，满地碎发，洁白如雪。

母亲的米

很长一段时间，他坚信自己喜欢大米饭，是缘于儿时生活的贫穷。家乡是不产稻米的，那些尖尖小小温润银亮的米来自遥远的南方，连同南方乡下温暖的阳光和芬芳的泥土。他是家里唯一的男孩，也是最小的孩子，从小自然受宠。每天晚餐时他都能得到一碗让姐姐们垂涎欲滴的大米饭，有时他会与几个姐姐分享，更多时候，则是一个人心安理得地享用。生米粒盛在很小的碗里，添了水和少许食用油，与玉米饼子地瓜们挤在同一口锅里，别的饭熟了，米饭也正好被蒸熟。那些香喷喷的大米饭让他在漫长的童年里感受到无穷无尽的快乐。

稍稍大些的时候，母亲便不再为他单独蒸一碗米饭。他和姐姐们一起啃着难以下咽的地瓜饼或者玉米饼，对曾经的那碗米饭深深怀念。他常常对母亲说：等长大了挣到钱，一定要天天吃米饭。其实那时候邻居们的生活已经很不错了，最起码，不必为一碗米饭精打细算。只有他们是一个例外。他没有父亲。

小学时他在离家很远的地方读书，需要住宿。那时一个姐姐已经出嫁，另外两个姐姐正读着高中，日子更是窘迫。可是每当他星期六回到家中，母亲总会为他蒸上一碗米饭。他已经懂了些事，他说：把这些米饭留给姐姐们吃吧。母亲笑笑说：姐姐们也有。姐姐们的确有，那是母亲从牙缝里省下来的。在他以前的记忆中，只要有他在饭桌旁，只要有他的姐姐们在饭桌旁，母亲从没有吃过一粒米饭。

后来他读中学，读大学，每次回家，饭桌上都无一例外会出现一碗大米饭。母亲知道他的童年受尽了别的孩子所没有受过的苦，也许她正在试图补偿。家中的日子的确一天比一天好，那时母亲已经开了一个小商店，三个出嫁的姐姐也常常给母亲一些帮助，可是母亲仍然不肯吃一粒米饭。有时候他急了，将一碗米饭分成两个半碗，其中半碗推给母亲，母亲欣慰地笑笑，却只是象征性地吃几口就放了筷子。母亲静静地看着他，幸福地笑着。吃米饭的时候他是快乐的，母亲也是快乐的。他知道母亲的快乐，来自于他的快乐。

他将自己的半碗米饭吃完，母亲仍然笑着看他。他说：妈您怎么不吃？母亲说：我吃饱了。母亲开始收拾碗筷，将那半碗米饭放进饭橱。他知道，下一顿饭，母亲还会把它端上饭桌。只要他爱吃的东西，哪怕是一根咸菜，母亲也会为他留着。一顿又一顿，母亲从不会嫌麻烦。

后来他参加了工作，一年中只能回家一两次。他的薪水并不低，每次回家，都会拎着一大堆好吃好喝的东西。这时他对米饭已经失去了那种垂涎三尺的感觉，换句话说，他并不特别喜欢吃米饭了。生活的富足是一个原因，他所工作的小城的饮食习惯是另一个原因。可是，只要他回到家，不管餐桌上如何丰盛，母亲从不忘为他蒸一碗米饭——很小的时候，他曾经说过，长大以后要顿顿吃米饭。儿时一句接近于玩笑的话，却被母亲记挂了二十多年。

每次，他都会把那碗米饭吃掉。母亲蒸的米饭很香，是外边吃不到的那种香。可是他对米饭，的确，没有了以前的那种感觉。如果米饭很多，母亲肯定会陪着他吃，如果米饭正好一碗，那么，母亲说什么也不肯动一筷子。母亲要给他留着，哪怕多留一粒。

有时他想对母亲说：我现在不太喜欢吃米饭了。可是他怕伤了母亲的心，终于没说。其实就算说出来，母亲能相信吗？他坚信哪怕他说上千遍万遍，母亲也会为他蒸好一碗米饭，然后端上饭桌。母亲坚信自己的判断，这判断来源于他儿时的狼吞虎咽的样子以及一句"长大后我要天天吃米饭"。

有那么一段时间，他的事业遭遇到前所未有的挫折。他认为自己挺不过去了，每天眉头紧锁。那段时间他回了趟老家，在母亲那里住了一个多月。每天他都喝得烂醉，整个人没有一丝斗志。可是每一餐，餐桌上，照例都会有两碗米饭。是两碗，端端正正地放在他和母亲的面前。母亲说：吃点吧！他摇摇头说：吃不下。又拿起了酒杯。母亲并不劝他。等他喝完一杯酒，母亲说：我陪你，一起吃。母亲端起饭碗，静静地盯着他，让他不忍拒绝。

一个多月以后他重新回到了城市，半年以后他的事业重新走入正常的轨道。有人问他是如何熬过那段最绝望的日子的，他告诉他们，是因为他的母亲，是因为母亲放在他面前的一碗蒸米饭。别人当然听不懂。可是他认为，真的是这样。

多年后母亲患了重病，住在医院。他去医院陪她，吃不好睡不好，人日渐消瘦。可是，尽管他对母亲悉心照料，尽管医生和护士对母亲体贴入微，母亲的病还是一点一点地加重，终于在一个黄昏，他被医生叫进了办公室。医生抱歉地对他说：您的母亲，可能熬不到明天早晨——我们已经尽力了。他待在那里很久，脸上没有任何表情。尽管早有心理准备，可是当这一天真的到来，他还是有一种天崩地裂的感觉。后来他抱着头坐到一张椅子上，久久不动。他在无声地号啕。

当他重新走进病房，母亲已经坐起来了。她的气色似乎好了很多，她在对他微笑。母亲说：这些天你受累了，看看你，瘦成什么样子了？他强忍悲痛说：妈，我没事。母亲说：现在我很好，你自己去吃些东西吧！他说：妈，我不饿。母亲说：你怎么会不饿呢？再这样下去，你的身体怎么受得了？这时有护士过来，母亲问她：这附近有卖蒸米饭的吗？护士说：有，出了大门，第一个路口左拐。母亲笑着对他说：你去买两碗米饭回来吧。我们都吃点，我陪你，一起吃。

他终于泪水滂沱。

他知道母亲预感到自己即将离去。母亲即将离去，却仍然心疼自己的儿子没有吃饱饭，仍然记得自己的儿子喜欢吃大米饭。母亲在生命最后一刻，心里牵挂的，仍然是她的儿子。

那天，像小时候一样，母亲微笑着，看他吃下整整一碗大米饭。

答应过眼睛

从两个人穿过斑马线，我就注意上他们。他们穿着同样款式和颜色的运动服，同样款式和颜色的运动鞋。小男孩长得虎头虎脑，一双大眼睛扑闪扑闪，咧嘴笑时，露出参差不齐的牙齿。年轻的父亲走在前面，嘴里不停地说着什么，又回头，好像开一句玩笑，小男孩就咯咯咯地笑个不停。之所以说他们是父子，并不仅仅因为他们完全相同的穿着和非常相似的长相，还因为，男人看男孩时，眼睛里流露出来的，是父亲特有的慈爱和关切的目光。

奇怪的是男人总是和男孩保持着一定的距离。两三步吧，不远，也不近。步行绿灯的时间很短，他们急匆匆地从马路的一边穿越到另一边。男人似乎在催促男孩再快一些，小男

孩就小跑起来，却是笨拙踉跄的脚步。男孩小跑起来，男人
也加快着脚步，仍然走在男孩前面，仍然两三步远的距离，
仍然扭回头，口中念念有词。小男孩再一次开心地笑了，脸
上洒满阳光。

马路对面，是一个小型的游乐场。

男人和男孩走进游乐场，小男孩满脸兴奋。与别的父子
不同，他们并没有牵起手。正是星期天，游乐场里熙熙攘攘，
人声鼎沸，男人说话的声音就渐渐高起来。他说：白雪公主来
到森林里……

森林里有狼吗？小男孩的声音跟着高起来。

没有狼，男人回头说，森林里只住了七个善良的小矮
人……

在游乐场里，在喧哗和拥挤的人群里，这个男人竟然为
自己的儿子讲起了童话，并且，他们之间，仍然是两三步的
距离。有时小男孩或者男人会被游客们撞到，被撞一次，男
人就会停下他的童话和脚步，说：第七次拥抱。过一会儿，男
孩又被游人撞到，就在后面开心地喊：现在第八次了。又一起
笑。他们连笑的表情都是那么相似，单纯，顽皮，宛如清冽
的泉水。好像男孩是男人的过去，更好像男人是男孩的将来。
这样一对行动怪异的父子，真是令人心生好奇。

男人将小男孩抱上蹦床,那是他们唯一的身体接触。我听见男人说:好好玩,小心些。就走开,到不远处的椅子上坐下,点一根烟。他的目光穿过淡淡的烟雾,静静地看着男孩。这时的小男孩,已经兴高采烈地玩了起来。

看得出来小男孩试图蹦得高一些再高一些,可是他没有成功。其实蹦床上的他更显笨拙,晃来晃去东倒西歪,有时,甚至显出紧张和沮丧的表情。这时男人会冲他喊:我在这边呢。男孩就转身冲着男人的方向,再一次咧开嘴笑。笑容仍然单纯并且灿烂,似乎父亲的每一句话,都令他兴奋无比。

我问男人:你为什么不过去呢?那样你们说话,不是更方便一些吗?

男人肯定看出我的好奇。他看看自己的儿子,扭过头对我说:我不过去,是想让他学会自己照顾自己;我和他不停地说话,是想给他信心,让他知道我并没有走开,让他感觉到我就在不远处注视着他。他需要知道我的位置——他是一个盲童。

男人并不回避,可是我惊愕不已。盲童?这怎么可能?他有那样长长的睫毛和明亮的眼睛,他有那样顽皮的表情和灿烂的笑容,他怎么可能是盲童?

努力掩饰住自己表情,我说:那么,你更应该牵着他的手啊。

不，男人摇摇头说，我得让他学会坚强，学会独立。我不想牵他的手，我只想用声音为他引导方向。我想要他明白，他其实和每一个孩子都一样，别人能够做到的事情他也能够做到，并且会做得更好。

就因为这些吗？

是的。男人说，尽管他总有一天会长大，会感受到眼盲的不便和痛苦，可是在今天，在现在，我不想让别人看出来他是盲童，更不想让他幼小的自尊心受到丝毫的伤害。男人深情地看一眼正在蹦床上玩得高兴的男孩，继续说，今年早晨，他突然对我说，他好想过一天不是盲童的生活，因为在梦里，他答应过自己的眼睛。我鼓励他说当然，你当然能够做到。现在，我想，在蹦床上，他肯定不会认为自己是一个看不见的孩子。

一年鱼

是个很小的装饰品店，门口挂两个火红的中国结，很喜庆。那几天正拾掇书房，总感觉电脑桌上光秃秃的。心想进去看看吧，说不定，能给我的桌面上增加一件物美价廉的小摆设。

一眼，就看到了那个瓶子。

瓶子芒果般大小，晶莹剔透的玻璃，夹一丝丝金黄。也是芒果的造型，艳丽，逼真。之所以说它是瓶子，是因为那里面装了水，并且那水里，正游着一条两厘米多长的粉红色的小鱼。

瓶子里装了水，水里面游着鱼，这没什么稀奇。稀奇的是，这个瓶子是全封闭的。它没有瓶口，没有盖子，没有一丝一毫的缝隙。它是一个完全封闭的玻璃芒果。

可是那些水，那条鱼，它们是怎么钻到这个完全封闭的玻璃世界中去的呢？

厂家在生产这个瓶子的时候，就把鱼装进去了。店主告诉我，这需要很尖端的技术。

你想啊，滚烫的玻璃溶液，一条活蹦乱跳的鱼。

我去啤酒瓶厂参观过。我知道所有的玻璃瓶子都是吹出来的。在吹瓶的时候，瓶子会达到一种可怕的高温，鱼和水不可能那时候放进去。那就只剩下一种可能：厂家先拿来一个芒果造型的瓶子，装上水，放上鱼，然后想办法把这个"芒果"完全封闭起来。

我想店主说得没错，这样一件小小的工艺品，的确需要很尖端的技术。

店主告诉我，这个玻璃芒果，这条鱼，只需六十块钱。

倒不贵。可是我弄不明白，我们怎样来喂这条鱼？怎样来给这条鱼换水？

不用喂，也不用换水。店主说，这里面充了压缩氧气，这么小的一条鱼，一年足够用了。也不用换水，水是特殊处理过的。只要别在阳光下暴晒，这条鱼完全可以在这个小瓶子里很好地活上一年。

那么一年后呢？我问。

鱼就死了啊！店主说，六十块钱，一件极有创意极有观赏价值的工艺品，也值了吧？

当然，我承认值。这比在花瓶里插一年鲜花便宜多了。可是，店主的话还是让我心里猛地一紧。

鱼长不大吗？我问。

你见过花盆里长出大树吗？店主说。

那么，这条鱼的自然寿命是几年呢？我问。

三四年吧。店主说。

心里再一紧。

自然寿命三四年的鱼，被一个极有创意的人，被一个有着高端技术的工厂，硬生生剥夺了自然死亡的权利。一年后是鱼这一生的什么时间？少年吧？青年吧？或者中年？

可怜的一年鱼！

为了自己日益苛刻的味蕾，我们杀掉才出生几天的羊羔；从蛋壳里扒出刚刚成形的鸡崽；把即将变成蝴蝶的蚕蛹放进油锅煎炸；将一只猴子的脑袋用铁锤轻轻敲开……

现在，为了日益荒芜的眼球，又"创意"出一条小鱼的死亡期限，然后开始慢慢地倒计时。

当我们在自家的茶几或者书桌上盯着那条鱼看，我不知道，我们看到的是美丽和幸福，还是残忍、悲伤、恐惧以及死亡？

我想有此创意的人，如有可能，也应该享受到这条鱼的待遇吧？把它装进一个电话亭大小的完全封闭的钢化玻璃屋里，准备好三年的空气、食物和水，然后扔进寒冷的北冰洋，让一群巨鲨们，每天眉开眼笑地倒计时。

第二辑　尊重每一扇门

娘在烙一张饼

娘在烙一张饼。

面是头天晚上发好的，加了鸡蛋，加了糖，又加了蜂蜜。面不多，缩在盆底，娘将它们拍成光溜溜的面团。娘的黑发如瀑布般一泻而下，在家里，无人时，娘的黑发永远如瀑布般流淌。娘眉眼精致，嘴唇鲜艳；娘面色红润，手臂如同光洁的藕。娘将面团从瓦盆里捧出，小心翼翼地，端着，看着，眼睛里，刮起湿润温暖的风。那时候还没有儿，那时的娘，刚刚嫁给了爹。面团柔软并且韧道，娘轻哼一首曲子，手脚麻利。娘不时抬头，瞅一眼窗外，窗外下了小雨，淅淅沥沥，春意淋湿一切。想起爹，娘红了脸，额头渗出细密的汗，又在心里嗔怪一句，又哼起歌——那样强壮的男人，人前人后，犹如一头公牛。现在爹下地去了，娘要为他，烙出一张好饼。

　　擀面杖轻轻滚动，一张饼有了形状。那是椭圆形的饼，轮廓清晰圆润，散着蜂蜜和鸡蛋的香。娘想了想，又操了筷子和剪刀，在饼面上压画出美丽的花纹。那些花纹错综复杂，就像竹席，就像梦境，就像山野，就像逝去或者未来的年月。娘的长发如瀑布般流淌，只是那瀑布之间，隐约可见几点闪亮。娘用袖口擦一把汗，娘对儿说：烧把火吧！……用软柴。软柴是烙饼最好的柴火：稻草，苞米衣，或者麦秸。灶火映红娘的脸膛，娘表情生动。娘盯着灶火，拍拍儿的光脑瓢，说：再软一点。火苗舔着锅底，外面大雨倾盆。夏天的雨说来就来，爹像一棵树，守着河，守着堤。全村的男人都在守堤，大雨里河堤摇摇晃晃，大雨里男人摇摇晃晃。大雨让娘有些不安，娘在锅底，细细地刷一层油。

　　娘把饼翻起，娘看到金黄的颜色，娘笑了，眼角和嘴角的细小皱纹随之扯动。娘嘱儿把火烧得再软一点，娘说：别让饼糊了花纹。说话时娘轻轻地咳，娘抬手掩了嘴，娘的身体不再笔直。娘被饼烫了手，娘把手指躲到耳后，嘘嘘有声。娘说准是你爹又念叨我了……你爹念叨我，饼就烫了……火再软些。儿把头深深埋下，儿看到灶膛里跳跃的火苗。儿还看到他漂亮的皮鞋，漂亮的领带，漂亮的下巴和眼睛。这一切全因了娘——皮鞋与领带，下巴和眼睛，全因了娘。娘将饼再翻一个个儿，一张饼变得香气浓郁。娘说你爹一会儿就回来，我得为他烙一张好饼。秋天的果园果实累累，那是爹和娘的果园，娘说她在家里，就能闻到苹果的香。娘看一眼窗外，娘看到大雁、天空、落叶和风。

　　面是头天晚上就发好的，加了鸡蛋、糖、蜂蜜和唠叨。娘说你爹最爱吃饼，一辈子都吃不够。娘说你爹的吃相，就像圈里的猪。娘抿起嘴笑，将饼翻一个个儿，饼即刻金黄诱人。娘掉光了牙齿，娘的牙齿，再不会属于娘。娘抬起手，随意抹一把，就抹出一脸皱纹。娘看一眼窗上的冰花，看一眼窗外的大雪，看一眼胡须浓密的儿，娘说天太冷，你爹冻坏了吧。娘不停地咳，不停地咳，娘轻轻跺着脚，动作迟缓并且僵硬。娘拿出饼，细细看；娘把饼翻过来，再细细看；再翻过来，再细细看。娘笑了，笑出满头银发。娘开始喘息，愈来愈剧烈，为一张饼，娘耗尽所有气力。娘将饼捧进饭筐，说：给你爹送去吧！说完娘咳出一点血，红梅般落上衣襟。然后，娘坐上凳子，搓搓手，看儿恭恭敬敬将饼摆放灵位之前。

　　娘在烙一张饼。娘一直在烙那张饼。

属于儿子的八个烧饼

母亲上了火车，倚窗而坐。她将头朝向窗外，一言不发。车厢里闷热异常，然母亲似乎毫无察觉。她要去一个遥远的城市，她需要在座位上，坐上一天一夜。

乘务员的午餐车推过来了。母亲扭头看了一眼，又将脸转向窗外。

母亲保持这样的姿势，直到晚餐车再一次推过来。这一次，母亲终于说话。她问卖晚餐的乘务员：盒饭，多少钱一份？

十块！

最便宜的呢？

都一样，十块！

哦。母亲欠欠身子，表示抱歉。她将脸再一次扭向窗外。

黄昏里，一轮苍老的夕阳，急匆匆落下山去。

母亲已经很老。她似乎由皱纹堆积而成。新的皱纹无处堆积，便堆积到老的皱纹之上，皱纹与皱纹之间，母亲的五官挣扎而出。那是凄苦的五官，凄凉的五官，凄痛的五官。母亲的表情，让人伤心。

母亲身边坐着一位男人。男人问她：您不饿吗？

哦。母亲说，不饿。

可是男人知道她饿。男人听到她的肚子发出咕咕的声音。男人想为母亲买上一个盒饭，可是他怕母亲难堪。

即使不饿，您也可以吃一个烧饼的。男人说，中学时候，我们把烧饼当成零食……您烙的吧？

男人指指桌子，桌子上，放了一个装着八块烧饼的塑料袋。烧饼烙得金黄，摞得整整齐齐。似乎，隔着塑料袋，男人也能够闻到烧饼的香味。

哦，我烙的。母亲看一眼烧饼，表情起伏难定，捎给我儿子的。

他喜欢吃烧饼？

喜欢。母亲说，明天七月七，你知道，七月七，该吃烧饼的。

他一下子能吃八个？

能呢。他饭量很大。他在家吃的最后一顿饭，就是我烙的烧饼。他一口气吃掉八个。这孩子！怎么吃起来没个够？

母亲的目光，突然变得柔软，似乎儿子就坐在她的面前，狼吞虎咽。

他在城里？

哦。

因为明天七月七，所以您给他送烧饼？

哦。

您坐一天一夜的火车，只为给他送八个烧饼？男人笑了，我猜您是想进城看他吧？烧饼只是借口……

哦，咳咳，母亲说。

他该结婚了吧？男人看一眼母亲的脸，说，他在城里干什么？我猜他当官。我有个儿子，也在城里当官。他也很忙，几乎从不回家。有时我想他了，就找个理由去看他。比如，烧饼。不过他饭量很小，别说八个烧饼，一个他也吃不完。男人耸耸肩，笑着说。

母亲看着烧饼，不出声。

反正烧饼只是借口，男人说，您为什么不吃上一个呢？

不可以。这是儿子的八个烧饼。

但是现在，这还是您的烧饼……

不。这是儿子的八个烧饼……

男人无奈地摇摇头，不说话了。火车距终点站，还得行进十二个小时，他知道，这位母亲，必将固执地守着她的八个烧饼，一直饿到终点。

……

母亲下了火车，转乘公共汽车。汽车上，母亲仍然守着她的八个烧饼。汽车一路向西，将母亲送到一个距离城市很远的地方。母亲下了汽车，步行半个小时，终见到她的儿子。她将八个烧饼一一摆出，四十多岁的儿子，便捂了脸，然后，泣不成声。

儿子身着囚服。身着囚服的儿子，在这里熬过整整二十年。整整二十年里，每逢七月初七，他的一点一点走向苍老的母亲，都会为他送来八个金灿灿的烧饼。

那一扇门

少年只有十六岁。之前他干过许多糊涂和愚蠢的事情：他偷过郊区的苹果，偷过城市的盆花，偷过同学的铅笔和饼干，偷过邻居的茶杯和腊肉，还偷过大街上的自行车。他一次次被带进派出所又一次次被放出来。某一天，他猛然意识到自己长大了，意识到自己错了，意识到自己应该悬崖勒马痛改前非了。

他后悔，他想改，可是他已经挽回不了自己的声誉和尊严，他已经没有了任何的朋友。他一出现总会引来一些异样的目光。少年并不记恨他们，认为这是对他的惩罚。少年望着窗外，天阴沉沉的，没有一丝阳光。

整整一个夏天，每天上午，少年都把自己关在家中，透过窗子看外面的树。他忍受不了寂寞，到下午时，他悄悄出去，在小区转一圈，吸两口清新空气，看两眼空中的飞鸟——他还是少年。人们一见着他，或扭过头去，或老远就避开。邻居们防他，就像防一条有传染病的狗。少年不敢上前，不敢与他们对视——他失去了与任何人交流的勇气。他无奈，他自卑，似乎世界在他面前关起一扇门，又加上无数把锁。

他垂着头慢慢地走，脚尖轻踢着一粒石子。没有阳光，少年却感觉到后背灼热。忽然有人喊他，是一位坐在凉亭里的老人。老人朝他招手："喂，年轻人！"他抬头，一愣，不敢相信眼睛和耳朵。"您是在喊我吗？"他指指自己。"过来，年轻人！"老人说。他走过去，胆战心惊。他想逃离，可是却说服不了自己的脚步。老人叼一根没有点燃的香烟，摸着口袋，问他："有火柴吗？""没有。""打火机呢？"也没有。"说完，他急急地低了头，试图离开。"别急着走。"老人再一次喊住他，"去帮我取来打火机吧，我的家，你知道的。"

他当然知道。老人与他同住一个单元，他住七楼，老人住一楼。"我的腿脚不中用。"老人笑呵呵地说，"打火机放在茶几上，麻烦你帮我取来。"少年心中划过一道闪电。可是那闪电转瞬即逝。"钥匙呢？"他问。"门没有锁。"老人说，"我从来不锁门的。住咱们这个小区，根本不必锁门。"少年心中又是一道转瞬即逝的闪电。少年飞奔而去，途中流下眼泪。一缕阳光从云缝里钻了出来。

那扇看起来冷冰冰的防盗门果然没有上锁，他伸手轻轻一推，便开了。茶几上放着果盘，放着零钱，放着钥匙和打火机。少年抓起打火机，反身跑出屋子。

老人点着了烟，郑重地对少年表示感谢。然后，他对少年说："如果你有时间，如果你愿意，我们下一盘象棋，好吗？"少年当然愿意。他坐下来，聚精会神地和老人下起了象棋。不久，少年便败下阵来，可他脸上露出了久违的笑容。凉亭外，阳光灿烂……

少年后来成为一名警察，老人的身体仍然很好，闲时，他们仍然会凑到一起下象棋。他多次跟老人谈起那件事情，他说那天您故意不锁门，那天，您口袋里，其实装着打火机。

老人只笑不语。问急了，老人就说：我忘记了，我真的忘记了。或许真如你说的，那天的一切都是我故意的；或许那几年里，我出门真的从不锁门；或许，那一天其实什么也没有发生，一切不过是你的一个美好梦境。不过我认为，这一切都无关紧要，重要的，是你亲手推开了那扇门，而不是别人……

奶奶的药粒

奶奶住到我家的时候，已经有些神志不清。

经常，奶奶在吃完午饭后小睡片刻。醒来，就一个人念叨，午饭呢，怎么还不吃午饭？弄得母亲不得不向偶来的客人解释。

奶奶会长时间地盯着床边的一角，然后一边挪动着身子，一边叫着爷爷的名字：你倒是向里坐一坐呀，一半屁股坐着，你累不累？

其实那时爷爷已经过世两年，奶奶的话，让每一个人毛骨悚然。

奶奶每天都要服药，她经常说：怎么这些药粒都不一样呢？花那么多冤枉钱，干什么呢？奶奶以为，世界上的药，都是治同一种病的。

奶奶吃药，需要别人提醒。即使这样，她也是嘴上说好，一会儿就会忘得一干二净。

那几年父亲的生意不好。我病休在家，也是天天吃药，家里日子捉襟见肘。

后来，姑姑从南京回来，说什么也要把奶奶接走。家里人拗不过，只好放行。

临走前，奶奶把我叫到身边。她一边笑着，一边从床角摸出了一个黑塑料袋，哆嗦着打开，里面竟装满了大大小小花花绿绿的药粒。

奶奶说：这都是我每天吃药时，故意省下来的。我去你姑姑家了，你留着慢慢吃。别再让你爹买药给你吃了。家里没钱。

奶奶以为，她省下的药，可以治好我的病。

奶奶在我家，住了三个多月。三个多月的时间里，奶奶为我省下了一百多粒廉价的药。那些让奶奶的生命得以维系的药粒，对她的孙子来说，却毫无意义。

奶奶上车时，仍然朝我挤着眉毛。只有我知道她的意思。

现在奶奶已经辞世。我常常想，假如奶奶不为我省下这一百多粒药，那么，她会不会活到现在？

尊重每一扇门

少年在山野中迷了路，又饥又渴。他遇到一栋木屋，一圈篱笆将木屋环绕。那些篱笆是如此之矮，仅至少年膝盖。篱笆里面，一位老年正躺在藤椅上休息。他的旁边有一口水井，少年几乎闻到了井水的清洌与甘甜。

少年欣喜若狂，奔向木屋。他从篱笆上跳过去，站到老人面前。老爷爷，他说，能不能给我一碗水？

老人扫他一眼。当然可以，孩子，老人说，不过你不应该从篱笆上跳过来，篱笆是我的墙，你怎么能够翻墙而入呢？你应该走那扇门。

老人的手指向篱笆一角，那里有一扇几乎看不出来是门的门。门由细竹片编扎而成，与周围的篱笆混为一体。那扇门与篱笆同样低矮简陋，仅仅及膝。

少年撇撇嘴，退回去。这一次他从门的位置跨进来，他的腿轻轻一抬，篱笆门就被他抛到了身后。

老爷爷，我想喝碗水，少年第二次对躺在椅子上的老人说。

你又一次犯了错误。老人说，你不应该从门上跨过来……

可是它那么矮……

可是它是一扇门。

少年只好第二次退回去。他弯下身子，轻轻将门推开。他认为自己表现得非常有礼貌。老爷爷，他说，这一次，您可以给我一碗水吗？

老人摇摇头。你又犯了一个错误，老人说，你应该敲门的。

可是它只是一扇篱笆门……可是您明明看到了我，知道我要进来……

可是你明明知道我就在院子里，却就是不敲门。老人说，你想到我家里来，难道不必经过我的允许吗？

少年有点急了。可是他看看老人，只得第三次退回去。他轻轻敲响那扇几乎不能够发出声音的篱笆门，问：我可以进来吗？

老人笑了，起身，为少年打出一桶井水。那井水果真甘甜清冽，少年一连喝下三大碗。

你可能会对我有些成见。送走少年时，老人说，可是孩子，你应该记住，再简陋的墙，也是墙；再简陋的屋子，也是屋子；再简陋的门，也是门。风可进，雨可进，国王不可进。你听说过这句谚语吗？

少年摇摇头。

你有没有听说过都没有关系。老人笑着说，不过你该永远记住，世上的每一扇门，不管如何雄伟或者如何简陋，不管如何坚不可摧或者如何不堪一击，都是至高无上、令人尊重的。它所代表和保护的，是一处私人的空间，你必须学会尊重它们。

的确如此吧。事实上，尊重每一扇门，不仅仅是尊重他人，也是在尊重自己。

手指上的眼睛

她从没有见过光明。所以很长一段时间里，她一直不肯相信人人生来都是公平的。

当然更不可能进过学校，她小的时候，那里还没有盲校。可是这并不等于她没有读过书。父亲会读书给她听，又抓着她的手，教她认识盲文。当然是超乎寻常的艰难，现在回忆起那一段日子，她常常说：好在我没有放弃。

她知道父亲有着高高的个子和微驼的后背，突出的喉结和俊挺的鼻子，厚厚的嘴唇和轮廓分明的脸膛。这一切，都是她用手摸出来的。父亲在很远的山村小学教书，到周六晚上，就会骑一辆破旧的自行车，走五十里山路赶回来。每到那天下午，她都会坐在院子里盼她的父亲。她安静地坐在木椅上，落日的余晖将她镀上一圈金黄，突然，丁零零，街上有车铃响了，她就站起来，扶着墙走到门口，迎接她的父亲。她知道那是父亲。父亲会把车铃摇出独有且悦耳动听的节奏。

每一次父亲都会为她带回礼物。有时是一本书，有时是几块糖，有时是一方手绢，有时，仅仅是一束野花或者几根狗尾草。带什么她都高兴。在她童年漫长的记忆里，父亲几乎是她的全部。

在晚上，父亲会读书给她听。读得最多的是《安徒生童话》，从那本书里，她知道在远方，还有另外一个神奇的世界。那个世界里有长得和拇指一样大小的美丽姑娘，有变成白天鹅的丑小鸭，有冬夜缩在街头的可怜的卖火柴的小女孩，有光着身子走上大街的滑稽的皇帝。那些故事让她伤心落泪，又让她开怀大笑。有了这些故事，她的童年变得充实，她过得甚至比同龄的孩子还要快乐。事实的确如此，很多村里的孩子常常会缠着她给他们讲故事。那时候，她觉得自己就是村子里最美丽最富有的公主。

可是后来，父亲不再讲故事给她听。父亲为她买来了书，让她自己去读。她不喜欢这样，在她看来，那些凸出来的盲文全都一个模样，根本没有办法识别。她用一个孩子能够想出来的一切手段来拒绝父亲，哭，闹，撒娇，甚至绝食，可是父亲坚持自己的做法。他说你现在已经到了读书的年龄，那些故事，应该由你自己去触摸，去体验。你和别人的不同之处在于，你可以抵达别人的眼睛所不能够达到的世界……实在没有办法，她只好尝试去辨认那些奇异的盲文。她知道那是另一种文字，那种文字，只属于像她这样的孩子。

尽管严厉，但父亲会常常给她奖励。他会变戏法般地从口袋里变出各种各样稀奇古怪的东西，奖给多认了几个字的女儿。睡觉前，父亲也从不忘在她的额头上亲一下，说一声晚安。父亲和村子里另外的人不同，他彬彬有礼——即使对自己的女儿，即使他在批评她。

父亲说：虽然这些字和平常人们看到的不同，可是它们的品质，都是一样的。它能够让你增长知识，让你学会思考，并带你进入到另外一个美妙的世界。你读的虽然是盲文，但是请你记住，所有的文字，都是高贵的；所有的阅读，都是高贵的……

终于，某一天，她可以一边读书，一边给父亲念出那上面的故事。那天父亲拥抱了她，她感觉脸上凉冰冰的。她不知道，那是自己的泪水，还是父亲的泪水？

父亲做了满满一桌子菜。父亲甚至为她倒了一杯红酒。父亲说：不管什么不快乐的事，咬咬牙，都会挺过去。现在你度过了人生的第一道坎儿，以后，你还会遇到更多。

整个少女时代，她几乎是在阅读中度过的。她读了很多书。这些书，都是父亲骑着自行车为她买来的。那时她并不知道这些书有多么难以买到。她不知道父亲骑着自行车到县城的书店，抱了书，再骑着自行车回来。父亲是费了很大劲儿才弄到那些书的，书店里没有盲文专柜，为这些书，他不知跟那些店员说了多少好话。从学校到县城，再从县城回到学校，需要整整一天时间。路上的父亲不敢歇息。

因为这些书，她的少女时代尽管寂寞，却并不孤独。当有一天，当她读到白马王子来到姑娘的楼下唱起情歌，她的脸竟莫名其妙地红了。她知道，自己长大了。

可是她仍然自卑，因为她是盲人。在这之前，她几乎从没有走出过生她养她的小山村。

可是她终要走出去的。城里的一个推拿诊所，愿意接纳她。她不去，她说她不想离开父亲，她说她不敢见到陌生人，她说，她不可能学会那么复杂的中医推拿。那天父亲陪她走出屋子，在一片草地上坐了很久。父亲说你必须走出去，你不能也不应该一辈子困在这个山村。她说：可是我是盲人。父亲说不错，你是盲人，可是谁说盲人不能够看到这个世界？你不是一直在用手指读书吗？你也有眼睛。你的眼睛，长在手指上，你应该用它们来触摸并看到整个世界。她说：可是我已经拥有整个世界了。父亲说不，你拥有的，只是一个纸上的世界，一个虽然美好但是虚幻的世界；这世上还有另外一个世界，那世界里或许有寒冷，有诸多不美好，但是它真实。现在你必须走进去，你有这个能力。她说：可是我还是怕。父亲说：几乎所有的孩子，都会害怕走夜路，因为他们害怕黑暗，他们相信黑暗中藏着吃人的魔鬼，可是你怕吗？你不怕。因为你从小就生活在黑暗中，你相信黑暗中没有吃人的魔鬼。不仅没有，你还知道那里有长得和拇指一样大小的美丽姑娘，有变成白天鹅的丑小鸭，有冬夜里缩在街头的可怜的卖火柴的小女孩，有光着身子走上大街的可笑的皇帝……你知道那里有别人看不到的美好。为什么呢？因为你活在其中，因为你习惯了黑暗。外面的世界，其实也一样。只要你走出去，你活在其中，你习惯了它，你会发现，一切并不像你想象的那样可怕。她说：您说得有道理，可是我还是怕。父亲站起来，说：你总要经过这一道坎儿的。别怕，我会一直陪着你。

第二天，父亲送她去城里的诊所。她拼命拽着父亲的衣角，要他不要走，可是父亲还是一个人骑着自行车离开。以前在村子，更多时间里，她也是一个人独处，但是她似乎从来没有感觉到像现在这样无依无靠。她一直坐在屋角的一把

椅子上，不敢说话，甚至不敢大声喘气。后来开诊所的老人
终于有了空闲，他走过来，拉了她的手，放到自己脸上，说：
我们认识一下。想不到是这样的开场白，尽管仍然紧张，但
她还是笑了。世界在那一刻，为她敞开一扇窗口。那是真实
的世界，真正的世界。

的确没什么好怕的，的确，她在这里，得到了更多的快
乐。她很聪慧，几个月之后，就可以独自给客人推拿。她做
得很好，很快有了许多固定的回头客。每个周末父亲都会骑
着自行车来看她，带着她去城市的各条街道转，吃各种各样
的小吃。那天她给父亲按摩了腰。那时，父亲的后背更弯更
驼。那天她和父亲再一次拥抱到一起。她再一次，感觉到脸
上的滴滴冰凉。

她兴奋地告诉父亲，她的确用手指上的眼睛看到一个真
实的世界。她把手伸到窗外，就可以看到阳光；她用手抚摸鲜
花，就可以看到色彩；工作时，她的手指可以看到那些积劳成
疾的贫穷的人；她还可以用手指看到开诊所的老人，那是她的
另一位父亲。她说她看到了伟大和善良。

后来她恋爱了。下了班，她拉着恋人的手在街上散步。
她生活在真实的世界里，却享受到童话世界里的美好。她轻
轻地捏着恋人的手，她说她看到了爱情。

现在她自己拥有了一个中医推拿诊所。是老人要她这么做的，老人甚至为她租了门面，帮她办好了一切手续。老人说你的世界应该更大一些……开始肯定很难，可是只要咬咬牙，一切都会过去——老人用了和父亲一样的声音。她知道，这也是一道坎儿。

却并不如想象中那样艰难，一年以后，她的诊所顾客盈门，前来推拿的人，几乎需要预约。于是她雇了一位小女孩，也是一位盲人，也是从山村里走出来的，也是怯生生地说话。她抓了女孩的手，放到自己脸上，说：我们认识一下……

前段时间，我扭伤了脚，在她那里做了两个月的推拿治疗。她很开朗，很爱笑。她给我讲上面的故事，从她的谈吐中，我知道她读过很多书，也知道她付出了很多，一切来得并不容易。她说她希望在另外的城市开十家这样的诊所，让十个像她一样天生目盲的孩子都有一份自己的工作，并且能用手指上的眼睛，看到一个虽然真实却美如童话的世界。

我问她：除了开十家这样的诊所，你还有什么心愿吗？

她说：当然有。其一，我希望自己不要失去这双手。如果有可能，我希望不管我有多老，我的手永远年轻。因为我的手指上有眼睛，我要用它来感触和享受这个世界；其二，我希望自己不要失去父亲。父亲已经不再年轻，我希望他永远健

66

在，永远陪着我。也让我，永远陪着他。

有一双手，有一位父亲，这算心愿吗？对我们来说，这当然不算。可是对她来说，这几乎是她对自己、对这个世界的全部要求。因为她知道，她现在所拥有的一切，全都因了一双手和一位父亲。她珍惜能够拥有的所有，不管有多成功，她对这个世界，都没有野心。

想法单纯并且实在。只因为，她和我们不同。只因为，她的手指上，有眼睛。

第三辑　父亲的布鞋母亲的胃

一碗锅巴饭

朋友给我讲他小时候的故事。讲他的三弟，讲他的母亲，讲曾经的一碗锅巴饭。

朋友生活在一个人口很多的家庭，他有两个姐姐和三个弟弟，这样他小时候的家境，便可想而知。那时常常吃不饱饭，朋友说，他的童年时代和少年时代，几乎有一大半时间，是在饥饿中度过的。

煮饭是母亲的事。有时候，上面的饭还是生的，下面却已经煮煳。没办法，人口多，煮饭的锅就大，锅里的内容就多。那饭煮得，当然就有些粗糙。隔三岔五，总会出现把饭煮煳的情况。母亲给一家人盛饭，盛到最后，就会盛出一碗锅巴饭。有时是焦黄的锅巴饭，大多时是焦黑的锅巴饭。当

71

然不可能倒掉，母亲便把那一碗锅巴饭，放在桌子的一角。

三弟总是抢那碗锅巴饭吃。对那个家境的孩子来说，这无疑是一点难得的零食。朋友说，吃饭的时候，他坐在三弟身边，三弟把锅巴嚼得咔咔直响，那香味，直绕他的鼻子，让他咽着口水。

朋友说，三弟最喜欢的，是那种有些焦黑的锅巴饭。味道极香，又稍有些苦，硬，脆，韧，极有嚼头。

三弟是家里最小的孩子。吃饭时，母亲总爱跟他开开玩笑。她和三弟一起去抢那碗锅巴饭，却总是慢了半拍。三弟紧张地护着那个碗，吃得满嘴黑灰。母亲就笑了，抹抹额前的乱发。那时的母亲，还很年轻。

有一次，朋友读初中一年级的朋友，从学校里捡到半张报纸。报纸上的一篇文章，让他胆战心惊。他忘记了文章的题目，却记住了里面的内容。那上面说，常吃焦煳的东西，很容易致癌。特别是煮煳的锅巴饭。

朋友把报纸带回家，那时母亲正坐在院子里择菜。朋友把报纸递给母亲，说：锅巴可以致癌。母亲便拿了报纸，仔细地看。她看了一遍，又看了一遍，然后把报纸还给朋友。瞎说，母亲说，报纸上净瞎说。

隔三岔五，朋友家的饭，仍然会煮煳。母亲给一家人盛饭，盛到最后，仍然会盛出一碗锅巴饭。在那些饥饿的年月里，那一碗锅巴饭，仍然不会倒掉。仍然，母亲会和朋友的三弟，一起去抢那碗锅巴饭。

只是，朋友说，从那以后，总是他的母亲，抢到那碗锅巴饭。然后，紧张地护着那只碗，吃得满嘴黑灰。

雪地烤红薯

男人缩在高中校园门口，守着一个烤红薯的老式铁炉。他不断地把烤熟的红薯挑出来，把没烤的红薯放进去，十几个红薯，让他手忙脚乱。第一次做这种营生，男人的心里有点慌。

天空飘着雪花，男人的头顶和肩膀上落着薄薄一层雪。正是放学的时候，走读的学生赶着回家，住校的学生赶着回宿舍，所有人都在雪中匆匆而过。男人把一个烤得最成功的红薯托在手里，嘴张着，却并不吆喝。

有人停下来，看他的红薯。他立刻打起精神，从旁边操起小秤。他挑了两个最大的红薯放进秤盘，拉起提绳。"啪"的一声，两个红薯紧跟着掉在雪地上。男人急忙再从烤炉里取出两个红薯，那个学生却早已经走远了。

　　整个下午他都没有卖掉一个烤红薯，这让他很伤心。现在，除了他，谁还把烤红薯当成好东西？儿子考上重点高中的那一天，闹着要去吃洋快餐。儿子点了一份薯条，端上来的东西又黄又瘦，蜷缩扭曲着，他不知为何物。尝一个，才知不过是炸过的土豆条罢了。他说："这能比得上烤红薯？"儿子边笑边喝着可乐。可乐他也尝了尝，不好喝，麻舌头。他想，烤红薯多好啊，剥了皮，又香又甜，含在嘴里，不用嚼，直接化成蜜淌下去，如果再配一大碗玉米糁子和一碟腌萝卜条，那滋味，真是给个皇帝也不换啊！

　　他重新把小秤放到身边，扭过头，眼睛盯住校门。这时，有几个学生说笑打闹着，走了出来。男人眼睛一亮，清清嗓子，喊了起来："卖烤红薯啰！"嗓音很小，又哑又沙，像被砂纸打磨过。声音吸引了这几个学生的目光，然而他们只是投来极为漠然的一瞥，又转过脸继续说笑。

　　于是，男人又提高嗓门吆喝："烤红薯白送啰！"这时，一个长脖子少年停下来，转身朝男人走来。边上的平头少年拽了拽他的胳膊，可是没能将他拉住。长脖子少年走到男人面前，问道："烤红薯白送？"

　　男人憨笑着挑出四个红薯，边挑边问长脖子少年："你们宿舍几个人？"长脖子少年说："四个。"男人接着问："那个和你一起走的留平头的也是？"长脖子少年说："没错。"男人说："那就给你们多带几个吧！"于是他又挑了四个，把八个烤红薯分装进两个袋子，递给长脖子少年。

天渐渐黑下来。男人看了看天空，雪越下越大，地上铺了厚厚的一层。男人仍然没有卖掉一个烤红薯。他推起三轮车，慢慢往回走。他在一个街角停下来，就着昏黄的路灯，从炉里掏出一个焦煳的烤红薯。他仔细地剥掉皮，慢慢地吃起来。他不声不响地吃掉一个，又掏出第二个。他一口气吃掉八个烤红薯，那是烤炉里剩下的全部烤红薯。吃到最后，他不再剥皮，将烤红薯从烤炉里取出来，直接塞进嘴巴。男人想，自己的嘴唇肯定被烫出了水泡，因为现在，那里钻心地痛……

长脖子少年回到宿舍，将两袋烤红薯随手放在床头柜上。谁对烤红薯都没有兴趣，即使是白送，他们也不想吃上一口。终于，快熄灯的时候，留平头的少年打开了一个袋子，取出一个烤红薯，托在手里，细细端详。长脖子少年提醒他说："都烤煳了。"平头少年低头不理他，闭起眼睛嗅那个烤红薯。电灯恰在这时熄灭，平头少年在黑暗来临的瞬间，将那个已经冰凉的烤红薯凑近嘴巴，狠狠地咬了一口。他没有剥皮，感觉到了红薯的微涩与甘甜。

长脖子少年突然说："你和卖烤红薯的那个人长得很像。"

黑暗里，平头少年偷偷流下了一滴眼泪。

穷人节

去某国某地旅游，恰好遇上当地的穷人节。穷人节？仅这名字，就令人顿生好奇，备感亲切。

穷人节的主要节目，便是扭秧歌。我想这也贴切，我生活的那个城市，有钱人去歌厅舞厅，去酒店健身房，穷人们随便找个广场，大喇叭一响，秧歌扭起来，倒也自娱自乐。看来秧歌并非是中国穷人的专利，全世界无产阶级都喜欢扭秧歌，只是动作稍有不同罢了。

秧歌队扭过来了。队伍的最前面，几百名流浪汉腰扎彩带，头系红绸，组成整齐的方队，声势浩大。也难怪他们高兴，流浪汉终于得到重视，迎来属于自己的节日，怎能不开心呢？更何况，最为关键的是，当秧歌扭完，每人都能够得到一杯免费的热咖啡。

紧随流浪汉的第二方阵，便是我们常说的穷人。他们的方阵最为复杂，有待业者，失业者，工薪阶层，也有破产企业主。可是不管什么身份，从穿戴上，一眼便能看出他们是穷人。比如某人穿了件名牌上衣，裤子却是地摊货；比如某人虽然一身名牌，但鞋子只值十块钱；比如某人穿着一套价值不菲的西装，却只系着三块钱的裤带。更重要的是，他们全都有着一副"贫穷"的表情。那表情卑微，低下，恰到好处地证明着一种身份。总之一个人的贫穷是掩饰不了的，还好这个城市的人们并没有掩饰，一万多人的巨型方阵，便是证明。

然后，便是由白领和小商人组成的方阵。我想他们应该属于这个城市的中产者，怎么也把自己当穷人呢？拽住一个问了，那人说：什么中产者？我们穿不起大名牌，吃不起大酒店，开不起好车子，买不起大房子，我们是城市真正的穷人！我告诉他：前面两个方阵里，有人甚至吃不饱饭，你跟他们比，算是富翁了。他听了，反驳说：我可不这么看。何谓穷人？买不起想买的，得不到想得到的，便是穷人。说完，头也不回，扭着屁股往前冲。

再往后，我就彻底看不懂了。如果说第三个方阵还勉强算得上穷人方阵的话，那么组成第四个方阵的那些人，一看便是成功人士。他们的方阵大概由二百多人组成，多大腹便便，仪表堂堂，穿戴讲究，甚至，方阵里，缓缓行驶着很多名牌轿车。这让我很是纳闷，穷人节，你们来凑什么热闹？

我混进他们的队伍，三扭两扭，很快跟一位戴了十个钻戒的中年男人混熟。我问他：难道你也是穷人？他一边扭，一边点点头。我说可是你看起来很阔绰啊！他说看起来很阔绰？当然，我有一个很大的公司，固定资产上千万，光轿车我就有十几辆，看起来的确很阔绰。可是你不知道，我公司的贷款和欠款加起来，足有三千万之多啊！我说那就是说，你不但不是千万富翁，还是三千万负翁？男人点点头，扭得更欢。

看来，这个方阵里的所谓的成功人士，远比前几个方阵的人更像穷人。

可是接下来的由不足百人组成的方阵，却是真正的富翁。我问过几个人，他们的净资产，大多超过几千万。这就很奇怪了，他们是这个世界真正的富人，他们应该过富人节而不是穷人节啊！我将不解跟其中一人说了，他笑笑说：仅从资产上说，我们的确算得上富人，可是，我们缺的是自己的时间啊！

缺时间也算穷人？

当然。他说，你们可以喝闲酒，聊闲天，可以逛公园，看电影，可以用一个下午的时间喝掉一杯咖啡，读完一本书，我们呢？我们恨不得把自己劈成两半来用，把一分钟掰成两分钟来用，我们努力工作，拼死拼活，到头来，为了什么？还不是为了成功？可是真成功了，却失去了人生最宝贵的从容。还有很多人，甚至因此失去家庭，失去朋友，我们连最宝贵的都失去了，你说，我们不是穷人，又是什么人呢？

我并不完全赞同他的话，因为我不熟悉富翁的生活。然我刚刚退出"穷人富翁"方阵，秧歌队伍的最后一个方阵便闪亮登场。那是最为奇异的方阵，他们表情各异，穿戴各异，甚至有人光着膀子。再细看，竟能从他们的脸上看到工薪阶层的影子，白领阶层的影子，单位领导的影子，无业游民的影子，百万富翁的影子。很显然他们没有按照要求站到本应属于他们的方阵里，他们彼此开着粗俗的玩笑，有人甚至大打出手。

我小心翼翼地跟一个看似领导的男人搭上话。

你是穷人？

我是穷人！

你为什么这样看？

我不知道！

不知道？

不知道！但我就是感觉自己是个穷人！说到这里，他骂出一句粗话，吐出一口黏痰。那口痰正好吐到旁边一个光着膀子文着刺青的年轻人身上，年轻人骂骂咧咧，冲他晃晃拳头，他二话不说，冲上去就是一脚，两个人便扭打起来。

他不知道为什么感觉自己是个穷人，但是我知道。他们成功或者不成功，有钱或者没钱，有地位或者没地位，有时间或者没时间，有文化或者没文化，都无关紧要。重要的是，他没有素质——做人最基本的素质——我想这个方阵里的人都是如此。那么，他们是这个城市里，彻头彻尾的穷人。

我想告诉你的是，这个秧歌队伍，由两万五千人组成。而这个城市，区区两万五千人。

我只是游客，不是小城居民。然那天，我想也许，我也该跟随他们的队伍，扭一把穷人节的大秧歌。

自　尊

那是一段令他刻骨铭心的日子。

他失去工作，身无分文。他认为城市里，纵是一条狗也比他活得幸福。因为狗可以乞讨，他不能。因为狗没有尊严，他有。

他开始捡垃圾。纸箱、啤酒瓶、香烟壳、食品包装袋……所有能够换成钱的东西，他都捡。在夜里，他将头深深探进臭气熏天的垃圾箱，他泪流满面。在夜里，他像一条落魄的狗。也只能在夜里，因为他不敢将自己暴露在别人的视线中。

每天都有收获。其中一个垃圾箱，更是一个富饶的"宝藏"。那里面有成箱的空易拉罐、成捆的旧杂志、坏掉的铝盆铁锅、奇形怪状的玻璃瓶……每天晚上，这些东西会在垃圾箱里静静地等着他。第二天，它们就会变成馒头和咸菜，让他有力气在这个城市里继续奔走。

后来他发现一个问题，似乎，这些东西是有人故意放在那里的。它们总是在一个固定的时间出现，它们摆放整齐，就像夜市上精心摆置的小摊。夜里他偷偷观察，果然见到一个男人将一包"垃圾"规规矩矩地放好，然后躲到远处，静静等待。

他知道男人在等他。

他感激那个男人，可是他有被伤害的感觉。强烈的自尊心让他想放弃那些东西，强烈的饥饿感又让他一次次将那些东西捡回来，然后变成馒头、咸菜……他暗想，假如他将来发达了，一定要回来好好感谢这个男人。他会成百成千倍地偿还，他相信他完全可以做到。

后来他真的发达了，资产足以买下一条街。他想到了报恩。

他回到当初租住的小区，他见到了那个男人。

他知道，现在那个男人，生活得并不容易。

似乎那个家至少二十年没有装修了，地板翘起了角，水龙头"滴答滴答"地滴着水。老式的家用电器，老式的厨房用具，老式的沙发和桌椅，那男人似乎仍然生活在十几年以前。不必自我介绍，那个男人一眼将他认出，简单聊了几句，便聊到了从前。

他说："我知道那些东西是你故意放进垃圾箱的。我知道当初你在顾及我的自尊。"

"是的，我在顾及你的自尊。"那男人说，"那时我生活得尚好，可以送你一点多余的东西。我知道它们虽不值钱，但也许可以帮你撑过那段日子。"

"你的确帮我撑过了那段日子。"他说，"如果没有你的暗中相助，我也许早就回到了乡下。那么现在，我就不再是一个企业家，而是一个乡下的羊倌了……"

"我在报纸上见过你。"那男人说，"我知道你现在很有钱。"

他笑笑，说："这些年，我过得并不容易。你知道，白手起家，这有多难……"

"你不是白手起家。"那男人说，"我知道那个花瓶即使在当时，也最少值十万。"

"花瓶？"他感到疑惑。

"是啊。"那男人说，"你离开的前一天，我在给你收拾废品的时候，将那个花瓶也装进塑料袋，放进垃圾箱。那时我并不知道一个花瓶能值那么多钱，否则我也不会把它当成废品……"

"可是我没有捡到花瓶……"

"你捡到了。"那男人说,"后来我才知道那是元朝的花瓶,值很多钱……"

"可是我真的没有捡到花瓶。"他说,"如果捡到了,如果我知道它很值钱,我会还给你的……"

"你不会。"

"我会。"

"那你为什么第二天就搬走了?"

"因为我找到了工作……我要住集体宿舍。"

"那你怎么会发达了?"

"两年以后我与朋友合伙,赚了点钱。然后我开始单飞,资产就像滚雪球,越滚越大……"

"是因为你卖了花瓶,才有了本钱……"

"根本没有花瓶……"

"谁信?你白手起家,这么短的时间就腰缠万贯,谁信?你卖掉了那个元朝的花瓶……"

他久久地盯着那个男人,内心慢慢地涌出一丝丝凉意。很显然男人说谎了。他记得很清楚,那天,男人放进垃圾箱里的那个塑料袋里,根本没有花瓶。他绝不会漏掉。那段时间,每一天,他都将那个臭烘烘的垃圾箱翻个底朝天。

　　他低下头，不再说话。他在那里安静地坐了一会儿，起身离开，放下他带来的很大一笔钱，这笔钱，远远超过那个花瓶的价值。

　　他告辞，离开。走到门口，他扭头，看着呆立在那里的那个男人，认真地对他说："你的确伤害了我的自尊。却不是以前，而是现在。"

最漂亮的鞋子

一开始谁也没有注意到她的鞋子。她坐在轮椅上，鞋子藏在裙摆里。她衣着光鲜，笑容灿烂。

是一个笔会，组织者把行程安排得很紧。景区多距市区很远，一群人乘坐旅行社的大巴，她总是走在最后。上车的时候，她会温婉地拒绝所有人的搀扶，她将身体前倾，双臂撑起大巴车临门的座椅，便上了车。然后，靠着双臂的支撑，身体一点一点往前挪动。很多人盯着她看，赞赏的或者怜悯的，她都不理会。她有修长的双腿，可是那腿，却支撑不起她的身体。她在走自己的路，用了结实的双臂。

她总在笑。笑着，你就忘记她的腿，忘记她的不便。然后，待下车或者上车，便再一次注意到她——她拒绝任何人的帮助，她前倾了身子，双臂撑起，她微笑着说：我可以。

五天的行程，天天如此。

最后一天下午，难得的自由活动时间，于是结伴出去购物。是一条繁华的街道，两旁店铺林立。我一家店铺一家店铺逛下来，不觉来到一家鞋店。我进了门，想起她在，才感觉有些不妥，想退出来，又似乎太过造作和夸张。看她，却并不在意，笑得更灿烂。她说：我最喜欢逛鞋店啦。

我心中不觉一惊。

这才注意到陪伴她五天的鞋子。

一双一尘不染的鞋子。红色，高帮，高筒，高跟，有着动人的弧线和温润的皮革光泽。鞋子像两朵盛开的红色百合，或者两只尊贵的金樽，上面一丝不苟地系了时尚的鞋带，银亮的鞋花告诉我们，这是一双价值不菲的名牌皮鞋。

我知道，其实之于她，哪怕再昂贵再漂亮的鞋子，其作用，或许也仅限于保暖。她走不了路，她坐在轮椅上，她的鞋子踩在踏板上，藏在裙摆里，根本无人注意。仅仅在上下大巴的时候，她的脚尖才会艰难地轻点一下地面，她的鞋子才会露出一点点红。并且，我一直武断地认为，对所有有着足疾或者腿疾的人来说，鞋子应该是一种痛，一种伤，一种刺目，一种回避，而不会成为鞋子拥有者的美丽或者骄傲。

看来是我错了。

她自然是美丽和骄傲的。她指着脚上的鞋子给我们看，她告诉我们什么样子的鞋子最合脚，什么样的鞋子物美价廉，什么样的鞋子应该搭配什么样的裤子或者短裙。她说：我家里，收藏着五十多双漂亮的鞋子呢！

还有什么话可说？其实，漂亮的鞋子之于任何人，所代表的，都是一种自信，一种行走在世上的态度。那么，五十多双漂亮的鞋子所代表的，又是怎样的一种自信，怎样的一种行走态度啊。她并不认为自己有腿疾，或者，她并不把腿疾当成一件严重的事情，或者，她对于腿疾的欣然接受，远比我们想象中乐观和彻底。万水千山走遍，凭借的，不是脚，不是钱财，而是乐观，是信念，是态度。

非常自然地，那天，她挑走了店里最漂亮的鞋子。她虔诚地捧起鞋子，像捧起她的生活。

那么，这肯定是你所有鞋子里最漂亮的一双吧？我指指她怀里的鞋子，问。

当然不是，她微笑着说，每一天，我脚上穿着的，才是我最漂亮的鞋子。她指指自己的脚，抬起头，骄傲地说。

父亲的布鞋母亲的胃

一位朋友童年时，正赶上了"三年困难时期"。他告诉我，他能活到现在，全靠了父亲的一双布鞋。

朋友老家在鲁西南，一个平常都吃不饱饭的贫困山村，何况全国人都挨饿的那三年？朋友说他记事比较早，在那三年的漫长时间里，他每天要做的唯一的事情，就是寻找各种各样的东西往嘴里塞。槐树叶吃光了吃槐树皮，草根吃光了吃观音土。观音土不能消化，把他的肚子胀成半透明的皮球。可是，在那样的年月，即使可以勉强吞咽下去的东西，也是那么少。朋友经常坐在院子里发呆，有时饿得突然昏厥过去。而朋友这时候，还是一个孩子。

朋友的父亲在公社的粮库工作。有一阵子，粮库里有一堆玉米，是响应号召，留着备战用的。饥肠辘辘的父亲守着散发着清香的玉米，念着骨瘦如柴甚至奄奄一息的妻儿。有几次他动了偷的心思，毕竟，生命与廉耻比起来，更多人会选择前者。但朋友的父亲说：那是公家的东西，即使我饿死了，也不去拿。

可是他最终还是对那堆粮食下手了。确切说是下脚。他穿着一双很大的布鞋，要下班时，他会围着那堆玉米转一圈，用脚在玉米堆上踢两下，然后，若无其事地走回家。他的步子迈得很扎实，看不出任何不自然。可是他知道，那鞋子里面，硌得他双脚疼痛难忍的，是几粒或者十几粒玉米。回了家，他把鞋子脱下，把玉米洗净，捣碎，放进锅里煮两碗稀粥。朋友的母亲和朋友趴在锅沿贪婪地闻着玉米的香味，那是两张幸福的脸。

这时朋友的父亲会坐在一旁，往自己的脚上抹着草木灰。他的表情非常痛苦。这痛苦因了磨出血泡甚至磨出鲜血的脚掌，更因了内心的羞愧和不安。他知道这是偷窃，可是他没有办法。他可以允许自己被饿死，但他绝不能允许自己的妻儿被饿死。朋友的父亲在那三年的黄昏里，总是痛苦着表情走路。他的鞋子里，总会多出几粒或者十几粒玉米、高粱、小麦、黄豆……这些微不足道的粮食，救活了朋友以及朋友的母亲。

朋友说，他小时候认为最亲切的东西，就是父亲的双脚和那双破旧的布鞋。那是他们全家人的希望。那双脚，那双鞋，经常令我的朋友垂涎三尺。

饥荒终于过去，他们终于不必天天面对死亡。可是他的父亲，却没能熬过来。冬天回家的路上，父亲走在河边，竟然跌进了冰河。朋友说或许是他的父亲饿晕了，或许被磨出鲜血的双脚让父亲站立不稳，总之父亲一头栽进了冰河，就匆匆地去了。直到死，他的父亲，都没能吃过一顿饱饭。

朋友那天一直在呜咽。他喝了很多酒。他说多年后，他替父亲偿还了公社里的粮食，还了父亲的心债；可是，面对死去的父亲，他将永远无法偿还自己的心债。

朋友走后，我想起另外一个故事。故事是莫言讲的，发生在山东高密东北乡。

也是"三年困难时期"，村子里有一位妇女，给生产队推磨。家里有两个孩子和一个婆婆，全都饿得奄奄一息。万般无奈之下，她开始偷吃磨道上的生粮食。只是囫囵吞下去，并不嚼。回了家，赶紧拿一个盛满清水的瓦罐，然后取一支筷子深深探进自己的喉咙，将那些未及消化的粮食吐出来，给婆婆和孩子们煮粥。后来她吐得熟练了，不再需要筷子探

93

喉，面前只需放一个瓦罐，就可以把胃里的粮食全部吐出。正是这些粮食，让婆婆和孩子们，熬过了最艰苦的三年。

她也熬过了那三年。她比朋友的父亲要幸运得多。可是，在她的后半生，在完全可以吃饱饭的情况下，这个习惯却依然延续。不管什么时候，只要看到瓦罐，她就会将胃里的东西吐得干净。她试图抑制，可是她控制不了自己。

当她的儿女们可以吃饱了，她的胃，可能仍是空的——因为她看到了瓦罐。

我不知道应该评价他们伟大，还是卑贱。回想我的童年，应该是幸福的。既没有眼巴巴盼着父亲布鞋里的几粒粮食，也没有等着母亲从她的胃里吐出粮食然后下锅。可是我相信，假如我生在那个年代，他们肯定会这么做。并且，我相信世上的绝大多数父母，都会这么做。因为他们是父母，那是他们的本能。

你是怎么长大的？也许你长大的过程远没有那么艰难和惨烈，但是请你相信，假如你生在那个时代的贫苦乡村，假如你有一位看守粮库的父亲或者在生产队推磨的母亲，那么，支撑你长大的，将必定是父亲鞋子里沾着鲜血的玉米粒或者母亲胃里尚未来得及消化的黄豆。

请爱他们吧。

五张纸条

暴风雪袭来时，卡车却在茫茫戈壁滩中抛锚。天地间霎时昏暗混沌，只剩下狂风、雪尘与彻骨的酷寒。似乎连空气都冻成冰刃，嘶嘶叫着，从每个人的脖子上划过去。六个人缩在狭窄的车厢里瑟瑟发抖，血和呼吸仿佛早已凝固。死神一步步迫近，每个人的心里，都有了恐惧。

是一个很小的剧团，要去戈壁滩的深处慰问一支驻扎部队。六个人里，年纪最大的四十二岁，是团长；年纪最小的十八岁，是剧团新成员。他们是一对父子。

六个人在暴风雪里坚持了一天一夜。周围除了风雪，连飞鸟都见不到一只。天气越来越恶劣，死神近在咫尺。也曾试图丢下车子徒步前行，可是这打算很快被他们放弃。走进这样的漫天风雪，几乎等同于选择死亡。挤在车厢里，等风雪过去或者被救援人员发现，或许还有一丝生还的可能。

又熬过一天。风雪仍然肆虐，世界只剩一辆被埋半截的卡车。所有人都知道，假如黄昏以前仍然没有人发现他们，他们将会被无声无息地冻死在夜的戈壁滩。

终于决定让一个人离开，徒步走进暴风雪寻找救援。他们认为这是最后的希望。假如运气好的话，假如那个人可以找到救援队并顺利返回，也许他们能够得救。团长宣布完这个决定，静静地看着每一个人。

没有人主动站出来。都知道一旦离开车子，生命会脆弱得如同高空中落下的鸡蛋——留在车厢里的生还的机会，远比一个人在风雪中独行要大得多。

可是必须有人走出去——或者找到救援，或者在雪地里死去。

车厢里死一般静。每个人都面无表情。团长看看儿子，儿子急忙低下头——他的身体是六个人里最好的，或许他不能找来救援，但他可以在暴风雪里走得最远活得最长——他是寻找救援的最好人选。

团长说现在必须做出决定。选到谁，谁就走出去。

仍然没有人说话。

团长说那么大家把自己想的人选写在纸上吧，票数最多的人走出去。他掏出一张纸，撕成大小均匀的五个纸条。他将纸条分别递到五个人手里，说：写下来以后，交给我。

大家用冻得僵硬的手在纸条上郑重地写下一个名字，然后将纸条小心地折好，交回团长。

团长将五个纸条依次打开，表情越来越严峻。纸条全部看完，他长叹了一口气，把纸条递给他的儿子。他说：大家的意思，改不了。

儿子从父亲手里接过纸条，一张一张慢慢地看。看完抬头，看父亲一眼，再看其余每个人一眼，然后推开车门走了出去。他没说一句话。他的眼睛里饱含泪花。他的表情很是壮烈。他深知走出车厢意味着什么。狂风裹挟着雪尘刹那间涌进车厢，车厢里的温度骤然变得更低。再寻找他，风雪里只剩一个越来越小的暗灰色影子——他在瞬间将自己淹进雪的海洋。

剩下的五个人缩在风雪里，开始了一生中最漫长的等待——等待被救，或者等待死亡。

他们还是得救了。不是因为团长的儿子领回救援人员，而是因为暴风雪终于过去。救援直升机在空中发现他们抛锚的卡车，又在三个小时以后，在雪地里找到团长的儿子。

他走出去很远。那绝对是别人不能够达到的速度和距离。事实证明他的确是六个人里面最合适的人选。他努力了，可是没有用。他没有完成任务。他不是神，他只是一位十八岁的少年。

人们没能将他救活。他的死去，看起来，毫无价值。

整理遗物的时候，有人在他的口袋里发现五张对折的小纸条。

五张纸条上，写着五个不同的名字……

第四辑　凉风暖爱

母亲的一年

  ……强子你还好吧？你还好，妈就放心了。过年你没回家，我和你爸都挺想你……知你忙，工作要紧，妈什么时候都能看……玲还好吧？她脾气不好，你多让着她。你娶她时，咱家那么穷，连间房子都买不起，她能嫁过来，你该知足了……你胃病好些了吧？别不吃早饭，熬点粥，煮个蛋，用不了多长时间……小宝还好吧？他想奶奶吗？很长时间没见他了，他又长高了吧？……别让他吃太多糖，不好。过几天就是元宵节了，强子你回家吗？回？好。这几天我和你爸团点汤圆，知你和玲儿都爱吃。对，糯米粉，黑芝麻，熟猪油，白糖……不买现成的，现成的不合口……不费事的，你小的时候，妈不是常给你做？你回家，我和你爸都高兴。你爸？

坐在旁边听我打电话呢！这老家伙，笑出满脸褶子……那就聊这些吧，电话费挺贵的。挂了吧强子！你先挂……

　　……强子你还好吧？你还好，妈就放心了。元宵节你没回来，我和你爸都挺想你……知你忙，工作要紧，妈什么时候都能看……玲还好吧？她身体不好，你让她注意休息。家务活，你多做些。你娶她时，咱家穷，连件像样的衣服都没给她买，她能嫁过来，你该知足……你换工作了？别总是换来换去，这山望着那山高，不好。能吃饱，安安稳稳的，健健康康的，就挺好……小宝还好吧？他想奶奶吗？几个月没见他，猜他又长胖了吧？……上学放学，你和玲要去接他，城里车那么多……过几天就清明了，强子你回家吗？回？好。我和你爸给你留了点汤圆，冰箱里放着，坏不了。对，糯米粉、黑芝麻、熟猪油、白糖……清明天就暖和了，你回来，带你们到山上走走，顺便看看你奶奶，烧点纸钱。转眼你奶奶走三年了，都说人走三年，就是真走了，世上留不住了……你爸？坐在旁边听我打电话呢！这老家伙，笑出满脸褶子……那就聊这些吧，电话费挺贵的。挂了吧强子！你先挂……

　　……强子你还好吧？你还好，妈就放心了。清明节你没回来，我和你爸都挺想你……知你忙，工作要紧，妈什么时候都能看……玲还好吧？前几天她打电话回来，说你们吵架了，我和你爸一宿没睡觉。强子，不管什么事，多迁就她，她是你媳妇，侍候你和小宝这么多年，不容易……工作稳定了吗？稳定了就好。和同事搞好关系，别使性子。世界上哪有什么坏人？不过是一句话的事情……小宝还好吧？他想奶奶吗？半年没见他了，他可能早把我忘啦……过几天就端午了，强子你回家吗？回？好。给你留的汤圆还在冰箱里，每次开冰箱，一眼就瞅见了。这几天我和你爸去摘点苇叶，给你们包粽子……糯米，火腿，苇叶，小宝去年喜欢得不得了呢。不买现成的，现成的不合口……不费事的，你回家，我和你爸都高兴。你爸？坐在旁边听我打电话呢！这老家伙，笑出满脸褶子……那就聊这些吧，电话费挺贵的。挂了吧强子！你先挂……

……强子你还好吧？你还好，妈就放心了。端午节你没回来，我和你爸都挺想你……知你忙，工作要紧，妈什么时候都能看……玲还好吧？前几天她打电话回来，说你给她道歉了，这就对了。玲不容易，嫁过来时，咱家那么穷……听玲说你工作不顺心，下班后多出去走走，别总闷在家里。在家靠父母，出门靠朋友，多交几个朋友，比什么都强……小宝还好吧？他想奶奶吗？大半年没见他了，他怕是连我的模样都想不起来了吧……近来也没什么节，你忙你的，别想着家里……对了强子，重阳节你回家吗？回？好。九九重阳，老人节，妈转眼之间，就成人见人嫌的老人啦！重阳节，天气好，你回来，我带你和小宝去山上看看。山上的苹果该熟了，红彤彤的，很漂亮……你和玲可以带一些回去。小时候，你最爱吃呢……你爸？坐在旁边听我打电话呢！这老家伙，笑出满脸褶子……那就聊这些吧，电话费挺贵的。挂了吧强子！你先挂……

　　……强子你还好吧？你还好，妈就放心了。重阳节你没回来，我和你爸都挺想你……知你忙，工作要紧，妈什么时候都能看……玲还好吧？她脾气不太好，你多让着她。她嫁给你时，咱家那么穷，连个金戒指都没给她买，妈一直过意不去……你胃病好些了吧？早晨别不吃饭，熬点粥，煮个蛋，用不了多长时间。要不就去外面吃点，油条豆浆，用不了几个钱……小宝还好吧？他想奶奶吗？快一年没见他了，猜他长成小伙子了吧？……你寄的钱，收到了。以后别再寄，你和玲还得还贷款，知你们也紧巴。冰箱里有汤圆，还有粽子，有苹果，每次开冰箱，一眼就瞅见了。天凉了，你和玲多加些衣服，别感冒……再有几个月就过年了，要是你工作太忙，就等过年回家吧！过年你和玲总该放假，是吧？你爸早说了，等过年，给你们宰只羊。宰只羊，才有过年的气氛。外面飘着雪，一家人坐在热炕头上喝羊汤，吃羊肉，啃羊腿……不累的，我和你爸又不是没宰过羊……你回家，我和你爸都高兴。你爸？坐在旁边听我打电话呢！这老家伙，笑出满脸褶子……那就聊这些吧，电话费挺贵的。挂了吧强子！你先挂……

　　……强子你还好吧？你还好，爸就放心了。过年你没回来，我不知道你到底在忙什么……想打电话给你，你妈不让……清明你肯定回来？如果太忙，就不用回来了……回来也看不见你妈了……你妈她走了，昨天刚走，很突然……冰箱里还给你们留了汤圆、粽子、苹果、羊肉馅水饺……临走前，她对我说，她想你们，她没活够……

最尊贵的上帝

男人经过花鸟市场，被一位年轻人喊住。年轻人友好地看着他，冲他招手：嗨，过来！

男人一怔：喊我？

年轻人咧开嘴，露出两颗调皮的虎牙：过来！

年轻人的面前，摆着几颗石头。大的拇指大，小的小指大。买两颗吧！年轻人指着他的石头，说，放鱼缸里，很漂亮呢。

买两颗？男人懵怔，这是普通的石头啊！

早晨的时候，它们当然还是普通的石头。年轻人的嘴巴咧得更大，眼睛像弯月，可是现在，它们就不再普通了。

为什么呢？男人弯下腰。

因为是我把它们从几百颗石头里面挑拣出来的啊！年轻人说，就是说，这几颗石头，是那几百颗石头里面最漂亮的最昂贵的……你看看，是不是很漂亮？我为这些漂亮的石头付出了劳动，我是要得到报酬的。

可是即使你把它们从一万颗石头里面挑选出来，它们也不过是普通的石头。

不，它们是花玉。

花玉？

或者叫不含玉的石头，花玉是我起的名字……这样的玉，雕不成手镯和坠子，可是可以放在鱼缸里观赏啊。鱼缸里一定得有石头和水草，有石头和水草，才有河的样子……当然你可以自己去河边捡石头，但是买了我的石头，你就不用再去捡了啊！金鱼们围着这些石头做游戏，吐着泡泡……多漂亮的花玉啊！

男人笑了。他笑年轻人的表情。年轻人的表情认真并且郑重，充满自豪感。似乎他真的守着一堆价值连城的宝石，似乎面前的男人是他最重要的客户。

这么贵重的花玉，我可买不起哇。男人跟年轻人开起玩笑。

怎么会买不起？年轻人看到将石头卖出去的希望，每颗只卖三块钱！

三块钱？

我当然想卖到五块钱，年轻人摊开手，再一次露出嘴里调皮的虎牙，可是我妈只让我卖三块钱。

男人直起腰。他想他好像明白一些什么了。似乎，面前的年轻人，是一个傻子。他从河边捡来几块石头，然后拿到花鸟市场卖钱。男人数了数，年轻人面前的石头共有五颗。一共十五块钱？男人问。

全买了的话，十二块钱就够了。年轻人说，给你算批发价。

男人再一次笑了——他的客厅里，真的有一个鱼缸。他的鱼缸里，真的缺几颗石头。当然这些只是普通的石头，不值一分钱的普通石头，可是这些石头给了这个傻子最美好最纯粹的期待，现在，男人想，他只需花掉十二块钱，就可以为傻子再送去一份最美好最纯粹的快乐。

难道不合算吗？

男人真的买下年轻人的五颗小石头，手心里握着，站到马路边等候公共汽车。是时，黄昏，太阳挂上远方的树梢，将城市镀上金黄色的迷人轮廓。一位中年妇女快步走到他面前，跟他说一声谢谢，手里，捧着他的十二块钱。

我儿子刚才卖给您石头，希望您不要介意，女人说，他的智力有些问题。

女人似乎在努力回避着"傻子"这个词。

男人说没关系的，我喜欢这些石头。

女人再说一声谢谢。可是这些钱，必须退还给您……否则的话，我们岂不是成了骗子？

我不是这个意思……

知道您是好心人。女人说，我一直看着，我就在不远处卖花盆……不过每一次，当他成功地卖出几颗石头，我都会把钱退还给买石头的人……我必须这么做……

这些石头难道不是他从河边辛辛苦苦捡来的吗？

当然是。女人说，每天早晨他都会去河边捡几块石头，然后一整天都守在这里卖他的石头，有时也会给我添把手……其实最开始是我要他这么做的，我想，总得让他拥有一份独属于自己的快乐……

他快乐吗？

当然。女人说，他认为自己也能赚钱，也能养活自己……他其实很懂事的……他总是把卖到的钱交给我……

女人红了眼圈，仍然擎着那十二块钱。

男人只好收下她的钱。买石头的人很多吗？他问。

不是太多，但每天都有。女人说，每一次见到有人买他的石头，我都会从心底感激他们。他们虽然算不上真正的顾客，然而对我们来说，却是真正的上帝。他们善良，大度，充满悲悯之心；他们仁慈，博爱，让我和儿子的世界不再寒冷。他们，还有您，难道不正是我们母子俩最尊贵的上帝吗？

男人握着五枚小小的石子，与女人告别。公共汽车上，他突然想，或许真有一天，这城市的所有鱼缸里，都会摆着几颗这样的小石头吧？

凉风暖爱

朋友的童年，苦难相随。

黑暗一点点将他吞噬，朋友的世界终从五彩斑斓变成模糊不清再变成漆黑一片。那是注定无法医治的眼疾，朋友的父亲却仍然带他四处求医问药。三年以后朋友和父亲终于开始试着接受现实，那时候，可怜并且倔强的朋友，不过九岁。

朋友无数次摔倒又无数次爬起，常常摔破胳膊又磕破了脸。后来他终于可以独自去客厅，去洗手间，去阳台，去厨房，甚至，独自洗衣服，洗袜子——朋友终于可以面对黑暗，他表现出与年龄极不相称的忍耐与坚韧。

他不再满足将自己关在屋子里。他要走出去，站在阳光里，抚摸每一棵花草。灾难于是再一次降临。一辆汽车将他撞飞，待他醒来，他已经不能动了。

车祸伤到了他的脊椎。医生说，他能站起来的机会极为渺茫。

那段时间，朋友看不到任何希望。恰逢夏天，夜里屋子里就像蒸笼，朋友汗如雨下，痛苦不堪。尽管父亲每隔一会儿就为他翻一次身，可是朋友还是长出褥疮。我不想活了！九岁的朋友冲父亲叫喊，杀了我吧！

一滴眼泪落上朋友额头。父亲的眼泪，寒冷并且哀伤。父亲说：娃，你很快就能站起来。

可是我再也看不见了。朋友说，你杀了我吧！

娃，你心情不好，不是因为眼睛，也不是因为腿。父亲说，你可以在黑暗中自立，不是吗？你心情不好，是因为天太热了。天太热，所以你痛苦，你烦躁。相信我，娃，待秋天，一切都会好起来。

可是夏天似乎没完没了。尽管父亲每天都会坐在朋友的床头为他轻摇蒲扇，可是朋友的心情还是沮丧到极点烦躁到极点。终于，他开始拒绝父亲。滚啊！朋友说，你连台风扇都买不起，你让我死了算了！

父亲长久地沉默。朋友说那时，他甚至感觉不到父亲的呼吸。

　　父亲终为朋友带回一台风扇。风扇是他从单位领导那里买来的，花掉十块钱。尚未彻底失明的时候，父亲带朋友去串门，朋友见过这台风扇——淡蓝的扇身，宽大的叶片，就像一片被放大的三叶草。父亲让朋友轻抚叶片，父亲说我知道你早想要个风扇，爹穷，还得给你治病，没钱买……这台风扇太旧，转得太慢，不过没关系，有点风，能驱走闷热，足够了……振作些，娃，苦难就像闷热，夏天总会熬过去，待秋高气爽，我保证你能站起来。

　　父亲将风扇放置到朋友的床前，朋友感觉到凉风习习。朋友仍然不说话，可是在心里，他几乎认同了父亲的说法。

　　每天父亲都会为他打开风扇，待他睡着，再将风扇关掉。多年以后朋友说，他的人生经历里，给他动力和鼓舞的，有时是冬天里的温暖，有时则是夏天里的凉爽。朋友伴着丝丝凉爽入眠，梦里站起来，跑出屋子，站在阳光下，站在花丛中。

　　到处花香弥漫。

　　醒来，父亲已经不在。床头有风扇静静守护，如同父亲。

　　秋天时候，朋友真的可以站起，走路，奔跑，跳跃。那台如父亲般苍老的风扇也在秋天里走过它最后的岁月——它不再能够转动，静默成为它的唯一。再后来，一个安静的夏天里，父亲永远离他而去。临终前父亲抓着他的手，说：娃，爹不能陪你，先走了……留你一人在世间，好好照顾自己……

现在朋友是一名职业盲人运动员。一次我去拜访，见那台风扇仍然守在他的床头。那天我们聊了很多，当我告辞时，朋友突然说：知道吗？其实，这是一台不能再用的风扇——我指的是，父亲买它回来时，它就不能再用。也许风扇是父亲讨来的，我从未问……那个夏天，每一个夜里，父亲都把自己当成一台风扇……

你怎么知道？

转动的风扇与摇动的蒲扇，我还是能够分辨出来的。朋友笑笑说，还有，最为重要的是——我能够闻到父亲的气息。

你跟父亲谈过此事吗？

当然没有。朋友摇摇头，说，我怕父亲伤心。有些秘密，一旦被揭穿，就会令人伤心……其实从父亲扮成风扇的那一刻起，我就长大了……所以，不是风扇让我熬过那段最难挨的日子，而是父亲的蒲扇，以及他对我滚烫的爱啊！

我看到，朋友的眸子里，泪光闪闪。

晚报 B 叠

晚报 B 叠，第二版，满满的全是招聘广告。每天他从小街上走过，都会停下来，在那个固定的报摊买一份晚报，回到住处，慢慢地看。他只看 B 叠，第二版。他失业了，B 叠第二版是他的全部希望。

卖报纸的老人，像他的母亲。她们同是佝偻的背，同是深深的皱纹，同是混浊的眼睛和表情。可那不可能是他的母亲。母亲在一年前就去世了。夜里，他常常在不知不觉中哭湿枕头。他把报纸抓到手里，卷成筒，从口袋里往外掏钱。他只掏出了五毛钱，可是一份晚报，需要六毛钱。他记得口袋里应该有六毛钱的，可是现在，那一毛钱，却怎么也找不到了。

五毛钱行不行？他和老人商量。

不行。斩钉截铁的语气。

我身上，只带了五毛钱。他说。其实他想说这是他最后的五毛钱，可是自尊心让他放弃。

五毛钱卖给你的话，我会赔五分钱。老人说。

我以前，天天来买您的报纸。

这不是一回事。老人说，我不想赔五分钱。

那这样，我用五毛钱，只买这份晚报的 B 叠第二版。他把手中的报纸展开，抽出那一张，卷成筒，把剩下的报纸还给老人，反正也没几个人喜欢看这个版，剩下这沓，您还可以再卖五毛钱。他给老人出主意。

没有这样的规矩。老人说，不行。

真的不行？

真的不行。

他有一种想哭的冲动。上午他去了三个用工单位，可是他无一例外地遭到拒绝。事实上几天来，他一直被拒绝。仿佛全世界都在拒绝他，包括面前这位极像他母亲的老人；仿佛什么都可以拒绝他，爱情，工作，温饱，尊严，甚至一份晚报的 B 叠。

我几乎天天都来买您的报纸，明天我肯定还会再来。他想试最后一次。

可是我不能赔五分钱。老人向他摊开手。那表情，没有丝毫可以商量的余地。

他很想告诉老人，这五毛钱，是他的最后财产。可是他忍住了。他把手里的报纸筒展开，飞快地扫一眼，慢慢插回那沓报纸里，然后，转过身。

你是想看招聘广告吧？老人突然问。

是。他站住。

在 B 叠第二版？老人问。

是这样。他回过头。他想也许老人认为一份晚报拆开卖的确是个不错的主意。也许老人混浊的眼睛看出了他的窘迫。他插在裤袋里的两只手一动不动，可是他的眼睛里分明伸出无数只手，将那张报纸紧紧地攥在手里。

知道了。老人冲他笑笑，你走吧。

他想哭的冲动愈加强烈。他认为自己受到了嘲弄。嘲弄他的是一位街头的卖报老人。老人长得像他的母亲。这让他伤心不已。

第二天他找到了工作。他早知道那个公司在招聘职员，可是他一直不敢去试——他认为自己不可能被他们录取。可是因为没有新的晚报，没有新的晚报 B 叠第二版，没有新的供自己斟酌的应聘单位，他只能硬着头皮去试。结果出乎他的意料，他被录取了。

当天他就搬到了公司宿舍。他迅速告别了旧的住所，旧的小街，旧的容颜和旧的心情。他所有的一切都是新的。接下来的半个月，他整天快乐地忙碌。

那个周末他有了时间，他一个人在街上慢慢散步，不知不觉，拐进了那条小街。他看到了老人，老人也看到了他。的确，老人像他的母亲。

老人向他招手，他走过去。步子是轻快的，和半个月前完全不同。老人说：今天要买晚报吗？

他站在老人面前。他说：不买。以后，我再也不会买您的晚报了。他有一种强烈的报复的快感。

老人似乎并没有听懂他的话。她从报摊下取出厚厚一沓纸。她把那沓纸卷成筒，递给他。老人说：你不是想看招聘广告吗？

他怔了怔。那是一沓正面写满字的十六开白纸。老人所说的招聘广告用铅笔写在反面，每一张纸上都写得密密麻麻。他问：这是您写的？

老人说是。知道你在找工作，就帮你抄下来。本来只想给你抄那一天的，可是这半个月，你一直没来，就抄了半个月。怕有些，已经过时了吧？

他看着老人，张张嘴，却说不出话。

可是五毛钱真的不能卖给你。老人解释说，那样我会赔五分钱。

突然有些感动。他低下头，翻着那厚厚的一沓纸。那些字很笨拙，却认真和工整，像幼儿园里孩子们的作品。

能看懂吗？老人不好意思地笑，我可一天书也没念。不识字。一个字，也不认识……

泪水毫无征兆地汹涌而出。他盯着老人，老人像他的母亲。他咬紧嘴唇，可是他分明听见自己说：妈……

天籁之声

男孩迷上小提琴。如醉如痴。

每天他都站在小区花园的一棵馒头柳下面，将小提琴锯出杀鸡般的声音。有路人经过，便陡然皱起眉头。这噪音令他们的头发根根竖立，让全身落满密密麻麻的小疙瘩。他们的表情让男孩伤心不已，于是他把练琴的地方，挪到自家阳台。

仍然吵。或尖锐或沙哑的声音刺透清晨或者黄昏，折磨着每一个人的耳膜和神经。受不了了，就过来敲门，求他不要再拉，求他的父母管管他。他们说艺术需要天赋，既然他没有天赋，就算再拉下去，也不过浪费时间罢了。他们的话让男孩伤心欲绝，咬着嘴唇关紧门窗。

于是每个夜里，房间里总是回荡着令人不堪忍受的杀鸡或者挫锯的声音。那声音让父亲无法集中精神读完一页书，让母亲无法不受干扰地看完一集电视剧，更让他神经衰弱的奶奶，夜夜心脏狂跳不止。父亲想这样可不行，得给他找一个真正不打扰别人的地方。

地点选在一个偏僻的公园。虽然偏僻，但毕竟还有三两游人，而待琴声响起，那些游人，立刻消失得无影无踪。

男孩的自尊心和意志力被一点一点地蚕食。好几次，他动了摔琴的心思。

可是那一天，练琴时，偶然遇上一位老人。老人静静坐着，手指和着他的琴声打着明快的拍子。当一曲终了，老人甚至递他一个微笑。一瞬间他有受宠若惊的感觉。他想莫非他的琴声变得悦耳了？回去，站在小区里，琴弓刚刚滑动，路过的行人便一齐皱了眉头，匆匆逃离。

他不解，在公园里偷偷询问别人。别人说那老头是个聋子啊！几年前开始耳背，越来越厉害，现在，几乎听不到任何声音。男孩刚刚鼓起的信心再一次受到打击，他垂头丧气，几乎真的要放弃拉琴了。

却突然，那天早晨，老人主动和他搭讪。

老人说你肯定听别人说起过我的事情吧？其实我一点儿

都不聋，只是稍有些耳背罢了。他给男孩看了他的助听器，说，不信的话，咱们可以测试一下。男孩跑到很远的地方跟老人打招呼，果然，老人的耳朵灵便得很。老人说我喜欢听你拉琴绝不是装出来的，虽然你拉得并不是很好，但绝不像他们说得那样糟。你知道我有个儿子吗？我有个儿子，现在在一个交响乐团拉小提琴，刚开始学琴的时候，拉得可比你难听多了。一段时间他也有放弃的打算，我跟他说，世间事，只要是你喜欢的，对你来说，就是对的。哪怕将来不能从事这个职业，当一个爱好不也挺好吗？这样他便坚持下来，两年以后终于能够拉出漂亮的曲子了。现在有人夸他的演奏是天籁之声呢。老人自豪地说。

男孩向别人打听过，果然，老人有一位在交响乐团拉小提琴的儿子。看来老人没有骗他。看来老人喜欢听琴，并非出于对他的同情或者怜悯。老人是他世界上唯一的知音。

每一个清晨，老人都会准时候在那里，听男孩把小提琴拉出一支支不成调的曲子。老人说听到琴声就想起远在他乡的儿子，想起儿子的童年，男孩的琴声无疑就是天籁之声。后来男孩的听众竟然慢慢多了起来，那时候，他真的可以拉出一支还算悦耳的曲子了。

几年以后，男孩的小提琴已经拉得很成气候。他如愿以偿地考上一个文工团，成为一名小提琴手。他并非很有天赋的人，但他无疑是整个团里最刻苦的人。他知道自己永远成不了顶尖的小提琴演奏家，但他对自己的生活非常满足。

春节回老家，男孩顺便去探望老人，恰逢老人的儿子回家过年。说起他练琴的事情，老人的儿子，只是淡淡一笑。

他问你笑什么，难道我说错了吗？难道小时候的你没有把琴拉得很难听吗？

老人回答说当然没有。他小时候就拉得非常好，他天生就是拉小提琴的。可是在那时，我想，如果我不那样说，如果我不假装欣赏你的琴声，你极有可能会彻底放弃小提琴。其实我说的天籁之声，也并非完全在骗你，只不过我把时间，提前了十年而已……可能你没注意到吧？很多次，在你演奏时，我曾偷偷摘下过助听器。不然的话，我想我的耳朵，可能真的会因为你的曲子而聋掉……

老人的话，沙哑低沉，然他听来，字字宛若天籁之声。

渡　河

　　终于来到河边，河边不见一个人影。

　　几天来他一直躺在丛林里。他想他也许撑不住了，夜里，他能够听到皮肤燃烧出"滋滋"的声音。他的五脏六腑全都着起火，他冲天空呼一口气，淡蓝色青烟袅袅。

　　他病了，越走越慢，越走越慢，终与队伍失去联系。他冲最近的战友喊：等等我！声音被风吹散，瞬间无影无踪。然后他摔倒，失去知觉，待醒来，丛林里只剩自己。他不知道他们是否找过他，找过或者没有找过，都不再重要。他被孤零零地扔进丛林，这才是现实——也许敌人，近在咫尺。

　　他们需要马上渡河。半年来他们东躲西藏，疲于奔命，队伍仍然越来越短，就像一条被砍掉大半的蛇。其实他们不配像蛇。他们更像兔子，耗子，像一切死到临头的惊恐万状的动物。他们必须渡河。渡河，还有活着的希望。否则，必将全军覆没。

河水黄浊，河面浩荡，岸边芦苇匍匐，白色的芦花却纷纷扬扬。他沿着河岸走，五脏六腑再一次燃烧起来。终于他走进那个颓败的村落——十几间泥草房，十几株山楂树，十几只瘦羊，十几个拥挤在一起的坟茔……

他问老人，是否有部队渡过了河。

那也算部队？老人说，当兵的面黄肌瘦，军装就像麻袋，步枪就像烧火棍，长官是一个二十多岁的孩子。不足二百人吧！那也算部队？

他们过河了？

两天前就过河了。村里只有两条渔船，他们用了最快的速度，还是从黄昏忙到天亮。长官最后上船，护着两挺重机关枪。这样的队伍竟然有两挺重机关枪！长官说，它们是队伍的希望……

我得追上他们。他说，希望您能帮我过河。

你要自讨没趣？老人说，他们本该等你的，是不是？你只是失踪，不是阵亡。村子里丢只鸡，全村人还到处找呢！

队伍不能冒险。他说，为了我一个人，押上二百多人……

那就留一两个人等你。老人说，家里的狗跑出去，晚上还得给它留着门呢。

后有追兵……

追兵在哪里？老人说，这么多天，我连一个兵虱子都没看到。

无论如何，请您帮我过河。他说，我得追上他们。

没有船了。老人说，他们渡河以后，将两条船全烧了……然后，他们端着枪，命令我跳下河，游回来……他们根本不在乎我的死活……

你可以摘下门板。他说，把两扇门板绑到一起，再找一根竹竿。我知道，这办法管用……

你想掉进河里喂鱼？

我想渡河。他目光执着，求求您，帮我渡河。

……老人在门板下面捆上两张鼓圆的羊皮，老人的船仿佛被捆绑在一起的漂浮在河面上的两只死去的山羊。门板发出"嘎吱嘎吱"的声音，似乎随时可能断裂。他趴在门板上，听到水底的呼呼风声。

他们离开的时候，说起过我吗？他问老人，比方说，为了大局，我们不得不放弃那个兄弟……

屁都没有一个。老人说，除了最后上船的长官……长官说，重机关枪不能湿，那是队伍的希望……

可是他们应该等等我的。他说，我只是失踪，不是阵亡……村子里丢只鸡，全村人都要出去找……

所以，就算渡过河，你仍然追不上他们。老人的竹竿轻轻一点，羊皮筏打一个趔趄，水面上猛地一蹿。或者，就算你追上他们，又能怎么样呢？就像一条失踪的狗重新回到家里，主人会给它道歉？说不定，会狠狠揍它一顿……

我们是一个整体……对一支完整的队伍来说，我很重要……

你可有可无。老人说，一百个你加起来，也不如一挺重机关枪重要。

他长叹一声，不再说话。回头看一眼岸边，岸边芦苇匍匐，芦花苍茫。突然他感觉自己就像倒地的芦苇或者随风而逝的芦花，他的存在没有任何意义，无论是对他的部队，还是对他的世间。老人破败的村庄在这一刻突然变得生动并且亲切，牛，羊，青草，庄稼，沟畔，老人十九岁的脸上长满雀斑的女儿，一扭一扭的随风摇摆的炊烟……

追上部队，你终究是死。不是死在这一场战斗，就是死在下一场战斗。所以现在，我是在送你去死。老人收了竹竿，说，船到岸了，你愿意走，就走。不过，如果你愿意跟我回去，我会让春玲给你煎两个荷包蛋。

他抱着枪，久久不语。突然他问老人：他们真的没找过我？

老人无奈地摇摇头。下船！老人说。

他们还烧光了你们的船？

他们还烧光了我们的船……他们手里有枪……你下船吧！

我手里也有枪。他跳下船，咬咬牙，说。

什么意思？老人愣住了。

把船烧掉，然后，你游回去。他拉动枪栓，恶狠狠的语气，却流下眼泪。

诊

　　流感说来就来了。好像，城市里每个人都在流鼻涕。这让他的诊所里，总是堆满了人。

　　诊所不大，靠墙放着两个并排的长凳，人们挤坐在那里，有秩序地，一个挨一个地，等着他开出药方，或在头顶挂一个吊瓶。这场面让他稍有欣慰。他不喜欢有人插队，正如他不喜欢有人生病，尽管，他是一个大夫。

　　有时他认为自己好像选错了职业。比如现在，他已经忙了一个上午，面前依然晃动着没完没了的病人，这样他就有些烦躁。后来他更烦躁了，因为他看到一个没有排队的女人，身子有些佝偻、头发已经花白的女人。女人紧抱着打成筒的被子，踉跄着慌张的脚步，直接挤到他的面前。他看到女人在皱纹间顽强地挣扎出一双浑浊的眼，吸盘般吸附着他的脸。
女人说：看病，感冒了。声音沙哑。

他皱了皱眉，用手指着长凳上候着的那些人，说：都看病，都感冒了。

女人说：我给您钱。

他的眉毛马上打成结，他说都给钱，这里没有赊账和赖账的。

女人并不理会他的话，她把沾满灰垢的干枯的手伸进自己的胸脯，摸啊摸啊，终于摸出一张皱巴巴的人民币。女人说：孩子感冒了，很严重，您快给他看看。女人轻轻拍打着怀里的被筒，露着焦急和紧张的表情。

女人递过来的，是一张破旧的两毛钱。他认为这张钱的年龄，应该不会比女人小多少。

女人小心翼翼地揭开包得紧紧的被筒一角，他歪着头，向里面看了一眼。只一眼，他便愣住了。他突然记起有人曾给他讲过的一个故事，他想，也许面前的老女人，就是故事里的主角。

您不要理她。坐在凳子上的一个男人说，我认识她，这附近所有的国营医院和个体门诊，没一个理她的。

他摆摆手，示意男人不要说下去。他轻轻问女人：孩子病得很重吗?

是的,很重。女人说,您快给他看看,他们都不给他看……他很可怜,他整夜咳嗽。

还有呢?他问,他把听诊器小心地塞进被筒。

不吃饭,有时候发高烧……夜里总是哭呢!女人说。

还有呢?他继续问。

就是咳嗽,发高烧,不吃饭,夜里总是哭。女人重复着。

哦,知道了。他抽出听诊器,是感冒,没什么大问题,开些药吧?

不行呢。女人说,他怕苦,他会吐药的。

那打个吊瓶?他说。

不行不行!女人慌忙说,他很怕疼的。

您别理她!坐在凳子上的男人又说话了,还有这么多人等着呢!

你闭嘴!他冲着男人吼。他不知道自己为什么突然变得很激动,你闭嘴行不行?让你等一会儿不行吗?!

男人撇撇嘴,不说话了。

那给他打一针吧。他朝女人笑笑,马上就好,不会疼的。他站起来,把椅子让给女人。他从药架上取下两瓶针剂,仔细看了看标签,摇匀,将封口割开,然后把药液抽进一个小的针管。你抱着他，别让他动，打一针很快的。他一边说着，一边小心地揭开被筒，缓缓将一管药液推进去。不疼的不疼的，他轻哄着。

现在好了。你摸摸看，是不是不烧了？过一会儿，他对女人说。

好像是呢。女人的表情终于平静下来，嘴角有了些笑。

回去的时候，把被子包严实点，别让他受凉。他叮嘱着女人。

那谢谢您了……不过明天我还想来，您再给他做一次复诊，行吗？女人说。

当然行。他收下女人推过来的两毛钱。

以后呢？女人说，我想每个月都来给他看看……他总是有病，夜里咳嗽……

绝对没问题的。他笑着，你什么时候来都行。

女人终于走了，心满意足，脚步也变得轻盈。走到门口的时候，女人回过头来朝他笑笑。笑得他心酸。

他开始给下一位病人开药，挂吊针，他心里想着那个故事：……单身的母亲和十七岁的儿子……儿子辍学打工……摔下脚手架，死去……母亲疯了，每天抱一个被筒，到处找人给儿子看病……她总说，儿子刚满两岁……没有人理她……

一个也没有……没有……

他想，被子里包的那个干瘪的、脏兮兮的枕头，应该是她儿子枕过的吧。

他流下一滴眼泪。

他想，不管如何，也得把这个诊所开下去。他答应过女人的。哪怕，他仅剩下女人一个顾客。

红加吉

加吉鱼，肉质细嫩，味道鲜美，极为名贵。由于其常为喜庆宴席上的佳肴，并有"一鱼两吃"的习惯，故称"加吉鱼"。其中，红加吉鱼尤为上品。

刘老汉吃过多少条红加吉了，肯定数不过来。也从来没有"一鱼两吃"。将鱼刮鳞开膛，洗净，扔锅里，撒盐，咕咚咕咚烧一阵，盛盘上桌，吃净鱼肉，完事。鱼头喂猫。一鱼两吃？鱼头还要熬汤？扯淡。这世上，没有刘老汉觉得名贵的鱼。

刘老汉是位渔民。

刘老汉年轻时，有自己的船。每次出海归来，刀鱼青鱼黄花鱼堆满船舱。并且，他总有办法弄回一两条红加吉。红加吉不卖，只自家人吃，天天吃顿顿吃，直吃得刘老汉的儿子刘葵见了红加吉就哭。后来他的船归了集体，他和十几个人上了一条更大的渔船。可是刘老汉仍然能够弄到红加吉，不多，就一两条。船上的规矩，弄到红加吉，不超过三条，自己拿回家就是。这规矩怎么来的，没人知道。

刘老汉家的红加吉，还是天天吃顿顿吃。那时刘葵长大了些，见了红加吉不再哭，却是皱眉撇嘴，好像与此等鱼中极品，结下深仇大恨。这时他的脑袋上必挨娘的一个凿栗。娘说：不识好东西吗？吃鱼！

所以刘葵进城后，很长一段时间，对鱼市毫无兴趣。直到有一天，在路边，一位鱼贩子扯开嗓子自豪地嚎，红加吉啊红加吉啊，他顺嘴问一下价格，竟差点吓得摔倒。做梦都没有想到，这种令他恨之入骨的鱼，竟能卖到三十多块钱一斤！

回老家，跟刘老汉说这事，刘老汉并未表现出半点惊讶。刘老汉说：这鱼以前也不便宜啊。

刘老汉那时已经老了，不能再出海。更多时他坐在渔家小院，浇浇花，吼两句杨延昭的"见老娘施一礼躬身下拜"，老伴就在旁边接一句佘老太君的"不消"，两位老人哈哈大笑。那时她身体还好。不管刘老汉还是刘葵，都想不到她会走得那样突然。

去年春天的一个黄昏，她在门口喂鸡，忽然跌了一跤，等送到医院，人早已断气。刘老汉哭了一天一夜，鼻涕和眼泪在胸前扯成了网。哭过后，就跟着刘葵进了城。他几乎不出门，只是把自己闷在屋里，唱"见老娘施一礼躬身下拜"，却没人接那句"不消"，刘老汉就开始叹气，一声接一声，让刘葵也跟着抹眼泪。刘葵说爹，您出去走走吧，去海边转转。刘老汉说：转什么呢？在海上漂一辈子，又不能打鱼了，转什么呢？

刘葵想不到刘老汉会突然对红加吉产生兴趣。

那天刘老汉问刘葵：现在红加吉多少钱一斤？刘葵说前几年三十多块，现在不清楚，得五十吧。刘老汉说你下班经过鱼市时，顺便买一条回来。刘葵说好。刘葵想人老了，有时像个孩子，以前打鱼那阵子，不是也不喜欢吃吗？何况又那么贵。

他去了鱼市，从东头走到西头，又从南头走到北头，他摸遍每一个摊子，就是找不到红加吉。他又去了超市看，仍然不见红加吉。他问别人：现在不正是吃红加吉的时候吗？别人告诉他：是时候，不过这玩意儿现在奇缺，想吃，只能去大酒店。刘葵说我不想去大酒店吃鱼，我只想买一条新鲜的红加吉鱼。那人就笑了，说：买红加吉？去渔码头吧！运气好的话，或许能碰到一两条。

刘葵没去渔码头。他空着两手回家。他没跟刘老汉解释，刘老汉也没问。不过他还是从刘老汉的眼里读出了深深的失望。刘葵想，至于吗？不就一条红加吉？

第二天下班，刘葵去了一家酒店，找到领班。他问：有红加吉吗？领班说吃红加吉不用找我，直接点菜就行。他说：到底有没有？领班说当然有。他问：多少钱一盘？领班说：二百六。他说那我只买一条活的，一百三行不行？领班说你来酒店买活鱼？……你能去澡堂子买拖鞋吗？你能去公安局买手枪吗？刘葵说我没工夫跟你开玩笑……到底行不行？领班说当然不行。刘葵说那这样，我点一盘红加吉，不过别下锅，从水箱捞出活红加吉，盛盘子里端给我就行。领班说不行，没这个规矩。刘葵说求您了，我就想买一条红加吉，最好是活的。领班说可是这不行的。刘葵说真不行吗？把你们经理找来。领班说经理不在……好吧，就破个例。受不了你。

刘葵搭了出租车，可是回到家，鱼还是死了。他问儿子：爷爷呢？儿子说：去海边了。刘葵说他不是不喜欢去海边吗？都这么晚了，他去海边干吗？

刘葵看到父亲坐在海边默默地抽烟。刘葵说爹，你要我买的红加吉，我买回来了。刘老汉看看儿子，他说今天用不着了。刘葵说什么用不着了？不是你让我买吗？刘老汉说我是让你昨天买……昨天，才是你娘的祭日。

刘葵脑袋嗡一声响，身体晃了晃。他恨不得狠狠抽自己两记耳光。他看到父亲紧闭着双眼，似乎要阻止自己的眼泪。于是他想安慰一下父亲。他说爹，娘吃一辈子红加吉了，恐怕她对红加吉，不会有太多兴趣了。

刘老汉的眼泪，终于肆意奔腾。他盯着刘葵，一字一顿地说：可是你娘看到饭桌上没有红加吉，她会为咱爷俩伤心的啊！

对 话

儿啊！男人说，我来看看你……我只是来看看你，过一会儿就走……要赶火车，回去晚了，矿上要扣钱的。

我知道你记恨我，你说梦话时骂过我……你怎么这么恶毒？我是你爹呀！我有什么办法……念高中，一年得两千多块啊！

儿啊！男人说，我来看看你，坐一会儿就走……你今天别骂我。

我知道你想念书，可是我去哪儿弄两千块钱？就算把我的血抽干，再把骨头砸了，能卖出你念书的钱，我就去抽、就去砸。可是我知道抽血得靠门路，没门路谁要咱的血？谁要咱的骨头……咱家里，没门路。

好在咱这里有煤啊。有煤，就得有人挖。挖煤，一年就能挣好几千块呢。你三伯挖煤，不是供出两个大学生吗？他能挖，我为什么不能挖？我有类风湿？怕什么。他不是还有哮喘吗？

儿啊！男人说，所以我去挖煤了。走的时候，我不让你娘告诉你我是去挖煤。我不是怕你难受……其实你那时候已经不念书了。我跟学校的老师说，学籍先给你留着，等我挣了钱，交了学费，你再回去……我去挖煤，我不告诉你，真的不是怕你难受……我是怕你也去挖煤啊！

其实挖煤挺好的，吃的菜里有大片的白肉，馒头也挺大的。有塌方？……对，有塌方……小煤矿都有塌方。没塌方，怎么能轮到我们去挖煤？

你见过塌方吗……我正挖着煤，正挖着，天就塌下来了……到处都是石头，就像下冰雹，专拣人砸。你三伯喊，塌方了！我瞅一眼，他就被埋起来了。我慌了，向外跑……跑不出去的，洞口早堵死了。牛娃喊我，向后跑啊！他也被埋住了……牛娃你认识吧？你认识的，比你大六岁，小时候，偷过咱家的苞米。

那次塌方，死了五个人。你三伯、牛娃……全死了。你三伯脑袋被砸掉了一半，眼珠子沾在煤堆上……我命大呀！

我晕过去八个钟头。八个钟头，没有再挨上一块石头……我命大啊！阎王爷知道你需要钱上学，他放我回来了。

儿啊！男人说，我挣的钱，你念书，一年够了。可是我回来，你怎么就不在家呢？

你娘告诉我，我走后没几天，你也走了。我知道你想念书，可是儿啊，钱我来挣，我是爹啊！你怎么也跑出去挖煤呢……你才十六岁，你告诉人家你十九岁……其实你说你十六岁，他们也要你，挖煤很缺人的。可那是你干的活吗？

儿啊！男人说，挖煤有大馒头吃，有肉片吃，可是有塌方啊！你见过塌方吗……你见过？天塌下来了啊！到处都是石头啊！你跟你娘说，遇到塌方，你能跑出去，你说你跑得比兔子快。你怎么这么不懂事啊？

儿啊！男人说，我来看看你……我只是来看看你，现在我得走了……再晚，就赶不上火车……矿上要扣钱的……我还得去挖煤……你弟弟，他也要念书啊。

深秋，荒野，一个泪流满面的中年男子，朝一座新坟，狠狠地磕了三个响头。

儿啊！男人说。

隔壁的父亲

父亲敲门的时候，我正接着一个电话。电话是朋友打来的，约我中午小酌。我从父亲手里接过一个很大的纸箱，下巴上，还夹着叽里呱啦的电话。

父亲寻一双最旧的拖鞋换上：要出去？

我说朋友约吃中饭。不过，不着急。我打开纸箱，里面，塞满烙得金黄的发面烧饼。

这才想起又该七月七了。我们这里风俗：七月七，烙花吃。花，即发面烧饼。以前在老家，每逢七月七这天，心灵手巧的母亲都会烙出满锅金灿灿香喷喷的烧饼，当我进城以后，母亲便会将烙烧饼的时间提前几天，然后打发父亲将烧饼送到城里。老家距城市，不过两小时车程，然而似乎，我总是没有回家的时间。

和父亲喝了一会儿茶，电话再一次响起。我跟父亲说：要不一起过去？父亲惊了表情，说：这怎么行？我一个乡下人，怎好跟你的文化界朋友吃饭？我说：那有什么？正好把您介绍给他们。父亲一听更慌了，说不去不去，那样不仅我会拘束，你的朋友们也会拘束。我说难道您来一趟，连顿饭也不吃？父亲说没事没事，回乡下吃，赶趟。我说干脆这样，我下厨，咱俩在家里做点吃的算了，我这就打电话跟他们说。

父亲急忙将我阻拦。他说做人得讲诚信，答应人家的事情，再失约，多不礼貌……你去吃饭，我正好回乡下——乡下好多事呢。我说您如果真不去的话，我也不去了……当爹的进城给儿子送烧饼，儿子却没管饭，等我回村，别人还不把我骂死？……再说，我早就想跟您吃顿饭了。

费尽九牛二虎之力，终与父亲达成协议——偷偷在那个酒店另开一个只属于我和父亲的小包房。这样，我就既能够不驳朋友面子，又能陪父亲吃一顿饭了。父亲倒是勉强同意，但路上还是一个劲儿地嘱咐我别点菜，就要两盘水饺就行了——一人一盘，聊聊天，多好。去了，小包间正好被安排在朋友请客的大包厢的隔壁，我没敢惊动朋友，悄悄帮父亲点好菜，又对父亲说：等菜上来，您慢点吃，我去那边稍坐片刻，马上回。父亲说那你快点儿啊！还有，千万别说你爹就在隔壁啊！我笑了。父亲与我刚刚进城时的我，一样拘谨。

做东的朋友一连敬酒三杯，废话连篇。我念着隔壁的父亲，心里有些着急。我说要不我先敬大伙一杯酒吧，敬完我得失陪一会儿，有点事。朋友说还没轮到你敬酒呢！我得连敬六杯，然后逆时针转圈……又没什么事，今天咱一醉方休。我说可是我真有事。朋友说给一个说得过去的理由，就放你走，否则，罚你六杯。我笑笑，我说：我爹在隔壁。

满桌人全愣了。

我说今天我爹进城给我送烧饼，我把他硬拉过来。让他过来坐，他死活不肯。现在他一个人在隔壁，我想过去陪他一会儿。

朋友们长吁短叹，说你爹白养你这个儿子了，你这算什么？在隔壁给他弄个单号？虐待他？你愣着干什么快请他过来啊！

我说他肯定不会过来。如果你们不想让他拘束让他难堪，就千万不要拉他过来。

朋友说：那我们现在过去敬杯酒，这不过分吧？

我说这挺好。不过你们真想敬他一杯酒的话，就一起过去。千万不要一个一个敬啊！他喝不了多少……

144

朋友们全体离桌，奔赴隔壁。然而推开门我就愣住了，房间里只剩一个埋头拖地板的服务员。我问，刚才那位老人呢？服务员说早走啦！你点的菜，也都被他退啦！不过他还是打包带走一盘水饺，他说，想给乡下的老伴尝尝城里的水饺。

父亲进城一趟，送我五十六个烧饼，一兜大蒜，一兜土豆，一兜菜豆，一兜韭菜，两个丝瓜，八个南瓜，然后，在一个小包厢里独坐一会儿，再然后，饿着肚子回家。而他的儿子，却在隔壁与一群朋友吹牛扯皮胡吃海塞，还美其名曰：周末小酌。

我端起杯，对朋友们说：咱们敬我父亲一杯吧！朋友们一起举杯，那杯酒，就干了。

然而我的父亲，既不会看到，更不会知道。此时他正坐在开往乡下的公共汽车上，怀里，抱着一个装了城里水饺的饭盒。

再等一天

他下了决心，要在那个周末，结束自己年轻的生命。他知道自己是那样脆弱，可是没有办法，一切，都那么无奈和伤心。

高考落榜，女友离去，职位被炒，应聘失败，生活不断跟他开着恶意的玩笑，摧毁着他可怜的信心。他一点点变得穷困潦倒，颓废不堪。一个月前，他去应聘一家大公司。他把那当成最后的希望。假如应聘成功，他想，生活还可以继续；假如失败，那么，他将选择自杀。

并不是他把那个职位，看得多么重要，而是他害怕再一次失败的感觉。清晰的、刻骨铭心的、世界变得灰暗寒冷的感觉。那种感觉，他太过熟悉。

他脆弱的神经，已经不能承受任何最轻微的打击。

可是直到两天前，他也没有收到那家公司寄来的录取通知。那是最后的期限。显然他已经被淘汰了。这是致命的失败。

母亲周末才能回来，他写好了遗书，放在茶几上。想了想，又放进写字台的抽屉。他不想让母亲过早发现他的遗书。他去意已决。

他把生命的终点，选择在一个遥远的风景区。他坐上火车，咣咣当当，直奔那里而去。一路上他什么也没有做，只是蒙头大睡。也有睡不着的时候，他就把打开的手机关掉，再打开，再关掉，再打开。他不知道自己还在等待什么。是啊，一个临死的人，还有什么可以等待的呢？

他在清晨接到母亲的电话，那时他刚刚醒来，正倚着列车的窗口发呆。他看到熟悉的电话号码，眼泪一下子涌出来。他想还是接吧，听听母亲的声音，也让母亲听听自己的声音。可是他想，不管如何，不管母亲如何劝他，他也不会回去。

他不想面对失败。但他可以面对死亡。

母亲说：你在哪里？怎么不回家。他说有事吗？母亲说那个公司的录取通知刚刚寄来，她刚刚帮他签好了名字。他说：真的吗？母亲说：这还有假？他说：你去过我的房间吗？母亲说去过。他说：你在我的房间里发现了什么吗？比如一张字条。母亲说：什么字条？你怎么了？他说没什么。我马上回来。

他相信，母亲没有骗他。或者，即使母亲在骗他，当他发现事情的真相，也会坚持自己的选择——结束生命。只不过，将会把时间推后几天而已。

他在下一个小站下车，然后直接登上返程的列车。两天后，他真的从母亲手里，接过那张录取通知。于是他去那家公司上班，涨薪，升职，心情变得越来越好，跳槽，开办自己的公司，一路走下来，事业越做越成功。

他一直保存着那张遗书。直到某一天，他把它拿给自己的母亲看，他说：我是死过一次的人了……如果，没有那张及时的录取通知……

母亲笑笑。看过了。她说。

他愣住。

母亲说：那天在你的抽屉里，看到的。其实那天，并没有录取通知，可是，我仍然打电话给你……

可是那张录取通知，却是真的啊！他说。

当然是真的，母亲说，只不过，通知是在我打完电话后的第二天中午，才寄到的。那时候，我正在考虑，你回来后，我如何开导你，才能打消你轻生的念头……

　　母亲的话，让他后怕不已。他想，假如母亲不用一张虚构的录取通知骗他回家，假如在他回家时，那张录取通知仍然没有寄来，那么，他将肯定选择结束自己的生命。他知道年轻时的自己，冲动并且脆弱。

　　可是他仍然活下来了，只因为，他多等了几天。这几天里，因为一张录取通知，一切峰回路转。

　　其实一切都没有改变，包括路途中的录取通知。改变的，不过是他的生活，以及心情。

　　所以，有时候，当你面临绝境，接近崩溃；当你心灰意冷，打算舍弃一切，这时候，不妨再等几天，哪怕仅仅一天。说不定，一切都会好起来。

第五辑　一路阳光

家有好饭

好饭的概念是什么？

对儿时的我来说，一只煮熟的鸡蛋，一根腌渍的黄瓜，一个发黄的馒头，或者，菜里的一丝肉末，都会令我垂涎三尺。

家有好饭，许是过年，许是有人生日，许是别的重要日子。这样的日子并不多，大多时，吃饭对我来说是一种折磨。"粗茶淡饭"也许是一种境界，但我宁愿把这看作是贫穷生活的无奈之举。小时我骨瘦如柴，病病歪歪，不知是否与此有关。

近年来我却胖了，甚至微微凸出啤酒肚。有一起长大的朋友取笑那是"白菜帮子"基础，我很愿意相信那是事实。

家有好饭，好饭是难得的；难得的好饭，理应是属于全家人的。但母亲却没有份。饭桌上，她把这些好的吃食让给我们，没有任何理由。我也不会去问，不会由此而产生丝毫内疚。我心安理得地享受着一只鸡蛋，一块肥肉，或者一根黄瓜。那时吃一顿好饭，会让我一整天快乐得忘乎所以。而母亲的快乐，丝毫不少于我。

后来长大了些，也懂些事，母亲便会寻一些借口。比如吃过了，比如吃饱了，比如不喜欢吃，等等。我便信了，狼吞虎咽地吃完，一整天仍然是快乐的。家有好饭，好饭的概念是不同于平常的饭。好饭的另一个概念是我的廉价的快乐，以及我的快乐所赋予母亲的快乐。

生活当然越来越好了，但好饭依然存在。难得的好饭从腌黄瓜和黄馒头升级，渐渐被鱼肉所取代。在难得的好饭面前，母亲仍是坚持着她以往的借口，吃过了，吃饱了，不喜欢吃，等等。然而我却是不信了。

被母亲"欺骗"了这么多年，我怎么还能够相信呢？

母亲为了证明自己，便拒绝那些好吃的。有时她会慢慢地啃着手里的馒头，偶尔夹一口菜，她说："真的饱了，你们吃吧！"母亲在饭桌前，有着非凡的表演才华。

我便学了母亲，也不去动。以为把那些好吃的剩到最后，母亲便会无可奈何地吃掉。于是在吃饭这件事上，我同母亲开始了最为漫长的"战争"。然而却没有胜利者。直至收拾饭桌，母亲也不会去动那些"好饭好菜"。

母亲常常会把这些东西留下，第二顿、第三顿，或者第许多顿，吃剩的好饭被母亲热了一遍又一遍，直至面目全非。她想把这些东西留下来，她以为我们远比她需要。在这个过程中，我相信母亲是快乐的。

到现在，也是如此。有时我随口说喜吃苦瓜，母亲便很少在饭桌上动苦瓜；有时我随口说喜吃香椿，母亲的筷子，便基本上不会指向那个盛香椿炒蛋的盘子了。我随口说出的话，成为母亲判断好饭的唯一标准。

多年来我一直有一个错觉，我认为，所有的这一切，缘于我们的贫穷，缘于我们对贫穷的无可奈何的接受。但现在，我认为这种感觉太过肤浅了。我相信，即使我们住进了皇宫，母亲的习惯，也是如此。无论生活如何美好，无论我们吃上了怎样的美食珍馐，总会有母亲所认定的好饭。

对母亲来说，好饭的概念是什么？是孩子们现在喜欢吃的，曾经喜欢吃的，或者，母亲们认为孩子们应该喜欢吃的。这里面，唯独没有自我。母亲总是轻易地把自己忽略掉。

所以，好饭的概念其实是，母亲们拒绝去吃的饭菜。

一路阳光

那排双人座上坐了一位老人和一位年轻人。老人的脸上皱纹拥挤，年轻人的脸上长满粉刺。他们是一起上车的，年轻人小心地搀扶着老人，微笑着，让她坐了靠窗的座位。车子马上就要启动，老人打开窗子，把头伸到窗外张望。乘务员对年轻人说，让你妈把车窗关上吧，要开车了，那样危险。年轻人于是轻轻推推老人。老人不好意思地笑，关上了窗子。她靠着椅背，很快打起了盹儿。

车子驶出车站，在土路上颠簸。车厢里很快挤满了人，车子被挤得几乎变了形状。有人提着鼓鼓囊囊的旅行袋，有人扛着脏兮兮的蛇皮口袋，有人抱着色彩鲜艳的纸壳箱，甚至有人在手里拿了钓鱼竿和新买的拖把。车厢里也许是世界上最复杂最拥挤的空间。何况，要过节了，似乎所有人都着急赶回家。

年轻人承受着拥挤，端坐不动。他的姿势有些别扭，细看，才知是因为老人。老人睡得安静和香甜，脑袋歪上年轻人的肩膀。车不停地晃，年轻人用一只胳膊支撑着座椅，努力保持上半身的静止。看得出来，他所做的努力，只为身旁的老人能够睡得更舒服一些。后来他干脆将一只胳膊护在老人面前，以防有乘客不小心撞上老人，或者他们手里的钓鱼竿和拖把突然碰上老人的身体。年轻人做得小心翼翼，他像保护一个孩子般保护着老人。

乘务员挤过来，年轻人掏出钱，买了两张车票。乘务员看了他的样子，说：您可真是孝顺。年轻人笑一下，不说话。他费力地将找回的零钱揣进口袋，上半身仍然静止不动。老人灰白色的头发被风吹乱，粘上他淌着汗水的脸。于是他冲前面的乘客轻轻地说：劳驾关一下窗子。他指指身边的老人说：她睡着了，别受凉。

车子一直往前开，车厢里的人越来越少。有那么几次，年轻人似乎想推醒身边的老人，他把手一次次抬起，又一次次放下。终于，年轻人在一个小站推醒了老人。他对她说：我们到了。该下车了。

他扶着似乎仍然停留在睡梦中的老人，慢慢下了车。车子继续前行，将他们扔在小站。

老人看着离去的公共汽车，忽然想起了什么。她说我好像还没买票吧？年轻人笑着说：车已经开走了，您现在不用买票了。老人说：这怎么好？刚才，我一直在睡觉吧？年轻人微笑着点头，他说是，您一直在睡觉。老人说我记得上车时，你说你在东庄站下车，你坐过了两站吧？年轻人说是这样。不过没关系，我再坐回程的车回去就行。或者我还可以走回去，反正也不远。老人说：你怎么会坐过站呢？你也在睡觉？年轻人继续着他的微笑。他点点头说是的。刚才我也在睡觉。好在您没有坐过站。

老人向年轻人道别，拐上一条小路。年轻人大声说：需要帮忙吗？老人说不用了，五分钟后我就能赶回家。年轻人问：您是要回老家过节吗？老人说是啊。闺女在城里，儿子还在乡下老家呢。老人站在阳光下，一边说一边笑。她没有办法不笑。五分钟后，她就能够见到日夜思念的儿子了。

年轻人一个人站在站牌下，等待回程的公共汽车。阳光照着他生机勃勃的脸，透进他的内心。他感到温暖并且幸福。

暖　冬

　　小的时候，是那么疯。数九寒天的，跑到村东小河，砸开一块冰，人蹿上去，兴奋地尖叫。拿一根细竹竿撑着河床，那冰就行驶开来，成一条冰船，满载着童年的快乐。

　　照例是午后。照例，他是唯一的舵手，把一根竹竿挥得虎虎生风。却突然，脚下传来断裂的咔咔声。低头看，那冰已经破裂，在他的两腿之间，裂开一条半尺宽的口子。一块冰分离成两块，慢慢漂向相反的方向。他急了，怪叫一声，扔开竹竿。人却掉进河里。冰水像无数把刀子，扎得他浑身刺痛和麻木。

　　好在河水不深，仅没到胸。他颤着牙关爬出来，缩成一团，高呼救命。恰好有村里老人经过，把他放上独轮车，送回了家。

他被母亲大骂一通。甚至，屁股上，落了母亲恶狠狠的笤帚。母亲说那河那么深，你不知道？母亲说：怎么不淹死你？母亲说棉袄棉裤都湿了，晒不干，你明天穿着炕席上学？他缩在炕头的棉被里，说：我明天不上学了。母亲说：你敢！辛辛苦苦供你读书，你不去上学？你敢！

母亲把他的湿衣裤拿到院子里晒。冬天的阳光，象征性地洒在上面。那些衣服，很快冻成冰棍。母亲坐在炕沿，看着他，愁眉不展。

那些年月，家里不可能有多余的棉衣棉裤。是啊，明天，冰天雪地的，他怎么上学？

他一直把自己包在棉被里，看母亲愤怒并苦难的脸。他小心翼翼地吃饭，小心翼翼地和母亲说话，小心翼翼地写作业和睡觉。他知道自己闯了大祸。他知道自己得一直待在炕头，直等到他的棉袄棉裤，彻底干燥。

夜里他醒来。他看到微黄的光圈和一抹年轻的剪影。那是母亲和她的油灯。

早晨他被母亲推醒。母亲说快起床上学，要迟到了。他惊奇地发现，母亲竟给他捧来一套新的棉袄棉裤。干燥的棉袄棉裤，穿在身上，暖和并贴身。每一个扣子都亮闪闪的，像从夜空摘下的星星。他背着书包上学，走到院子里，突然回头。母亲正在玻璃窗后看他。那目光是从冬的缝隙抽出的春的阳光，随着他，静静地织，成一条温暖的路。

那天他突然长大了。他不再爬墙上房，不再去冰河划船。那一天，母亲年轻的容颜，永远深刻地烙进他的记忆。

那年冬天特别冷。但他一直认为，那是他今生，最温暖的一个冬天。因为他有两件棉衣，以及母亲用目光，织成的路。

可是那个冬天，母亲却落下一生的病根，是类风湿。那天，她用了整整一夜，将自己的棉袄棉裤，认真地改小，套上他身。

然后，整整一个冬天，母亲没有自己的棉衣。

最后一位客户

他静静地坐在办公室里，等待他的客户。那客户将会带过来十五万现金。对客户来说，这是一笔重要的生意。他们合作过好多次，彼此早以兄弟相称。好像这并不夸张，因为客户对他，已经深深信任。

他的公司开了好几年，似乎一直运转良好——只有他知道问题的严重性；只有他知道自己赔了多少钱，又欠下多少债；只有他知道自己已经接近崩溃；只有他知道，明天，公司就将不复存在。现在他等待的，只有这最后的一位客户。他将收下这位客户的十五万现金，然后在黄昏，携款潜逃。他知道他肯定可以做到，因为这位客户对他毫无戒备。他知道这是犯罪，他知道后果的严重性，可是他想博一把。

客户在约好的时间敲响了办公室的门。他把客户让到沙发上，递烟递茶，聊些无关紧要的话。太阳在窗外从容且温暖地照着，他却不停地打着寒战。终于他们聊到了正题，客户打开密码箱，他看到十五摞花花绿绿的钞票。

这之前，他见到过太多次十五万。每一次都代表着一笔不错的生意。可是这一次不同。这一次，他没有生意可做。他根本不打算更没有信心完成这单生意。他只想骗下这十五万块钱。然后，开始他东躲西藏的日子。

他已经订好了机票。他知道自己一旦跟客户说了谎话，就将变成了贼，就将开始逃离。可是他认为没有办法。他认为自己必须去做。

客户说：这次有问题吗？

他说：没问题。明天早晨，您过来提货。

这时电话响了。很突然的声音，把他吓了一跳。是母亲打来的。上一次他和母亲通电话，还是一个月前。

母亲说：你还好吗？

他说还好。

母亲说晚上回家吃饭吧。我买了很多菜。排骨已经炖好了。晚上回回锅就行……

他说不了。今晚，忙……

母亲问：生意不顺心吗？

他说没有。生意很好。刚接了一笔大单子，十五万……

母亲说那就好。晚上回来吧。你已经一个多月没有回家
吃过饭了。

他说：怕真的没时间。

母亲在那边沉默了很久。然后，母亲突然问：是不是生意
不顺心？

他说没有。刚接了一笔大单子……

母亲说你骗不过我的。上次你回家，看你唉声叹气的，
就知道肯定是生意遇到了麻烦。听我说，如果撑不下去了，
别硬撑，回家歇一段日子……不管如何，家永远欢迎你。

他抹一下眼睛。他说：生意没事。

母亲说我给你攒了些钱，也许能帮上你的忙。晚上你回
家吃饭时，我把钱给你。

他问：多少？

母亲说：五千块。

他终于流下眼泪。今晚，他将携十五万巨款潜逃，母亲
却会一直守在饭桌前，等他回家吃饭；为了赚钱，他在酒店里
宴请他的生意伙伴，花掉很多个五千块钱，而他的母亲，为
了他的公司，却悄悄地攒下五千块钱，并幻想用这五千块钱，

将他的公司挽救。

他握着电话，流着泪，久久说不出话来。

母亲说：晚上回家吃饭吧，我等你。然后，电话挂断了。

其实，家与公司，相距不足二十里。

他慢慢踱到窗前，看窗外的阳光。阳光下人流如织，好像所有的人都是快乐的。他想他们之所以快乐，是因为他们走在阳光里；他们之所以快乐，是因为他们心中没有阴暗；他们之所以快乐，或许，只因为他们今天能够回家，吃一顿母亲亲手做的晚饭。

客户被他的样子吓坏了。问他：你怎么了？

他说：没什么。

客户说那我先走了。钱你收好。明天一早，我来提货。

他喊住了客户。他说没有货。我骗了你。我犯下一个无耻的错误。我想骗走你的十五万块钱。

客户愣住了。在确知他没有开玩笑以后，客户思考了很久。然后，客户说：我可以等你三天。三天里，只要你能备齐货，我还会和你做这笔生意。不过，能不能告诉我，是什么让你放弃了这个疯狂的举动？

他说：是母亲。因为母亲今天晚上，会一直等我回家吃饭……

　　那天晚上，他真的回了家。他陪母亲吃了晚饭，和母亲拉了很多家常。第二天回来的时候，他带上了母亲给他的五千块钱。他把它们存到银行，将存单镶在镜框里，小心翼翼地摆放在办公桌上，日日擦去灰尘。

　　三天后，他真的做成了那笔十五万的生意。他的公司竟然起死回生。

　　他并不避人。他在好几个场合说起过他的这次经历。每到这时，就会有人感叹说：多亏了那位最后的客户，如果没有他那笔十五万的生意，如果没有他对你的信任和宽容，那么，你也许不会挺过来，更不可能把公司做到现在。

　　他点头。他承认那位善良并宽容的客户给了他很多。可是他认为，真正挽救自己的，其实是他的母亲。是母亲的五千块钱，是母亲的那顿晚饭，是母亲的几句问候，甚至，仅仅是母亲关切的眼神。

　　他坚信，虽然母亲不懂经商，但她永远会是自己最后一位客户。

像天使一样死去

从进入集中营那天，她就知道她必将死去。

甚至，从被赶上列车，她就知道她必将死去。她无数次听过集中营的故事：魔鬼般的士兵，黑暗的毒气室，堆积如山的尸骨，臭气熏天的焚尸炉……世界像墓地般寂静，天空飘落着死人的灰烬……列车像拴在一起的棺材，咣当，咣当，坚定地奔赴死亡。外面冰天雪地，车厢里却热得发狂。不断有人死去，闷死，热死，病死，吓死，死去了，尸体或被焚烧，或被抛上铁轨，任列车碾成肉酱。

她们本该被处死，可是突然，她们有了生的机会。集中营里多出一个工厂，制造前线吃紧的钢盔。她们站在院子里，任士兵像挑牲口那样挑拣。士兵将看似虚弱或者生病的女人

167

赶到墙角，然后，当着她们的面，一个一个射杀。她们那般温顺，温顺到枪声响起，立即听话地倒下，没有哀号，没有挣扎，没有抽搐。那里有她的姐姐，她看着姐姐，看着，看着，看着，姐姐就消失了。然后她们来到车间，她看到骷髅般的钢盔堆成了山。

每天都会有人死去。闷死，热死，冻死，病死，吓死，被士兵杀死。每天，早晨，她们都会站到院子里，任士兵挑选。她们的身体逐渐变成一样的枯瘦虚弱，她们的脸色逐渐变成一样的苍白灰暗。被射杀的女人越来越多——她们那般虚弱，那般苍白——士兵们绝不会让她们多浪费一粒粮食——那么多年轻健康的女人源源不断地被输送进来。

她们制造出世界上最坚固的钢盔。她们保证子弹不能将任何一只钢盔射穿。这是她们得以活下来的唯一保障。

钢盔被送上前线，助士兵打胜仗。士兵打了胜仗，更多的同胞被杀害，更多的女人被送来。送来的女人生产出更多更坚固的钢盔。更多更坚固的钢盔再一次抵达前线。很多时候，她想，她其实，她们其实，正做着不可饶恕的罪恶事情。可是她想活。她们都想活。哪怕多活一天。哪怕多活一时。她和她们，说服不了自己。

与她同时进入集中营的女人越来越少。她们无奈地将自己透支，然后被枪杀，焚烧，一把灰撒得到处都是。她们太过虚弱，虚弱到抱不动一只钢盔。她也虚弱。但是，她有办法让自己看起来更健康一些。最起码，她有办法让自己看起来比其他女人更健康一些。

因为每一天，她都要偷偷化妆。

用了自己的鲜血。

她咬破手指，将鲜血抹上嘴唇，抹上脸颊。她有了虚假的血色，有了健康的色彩。士兵的目光无数次划过她的脸，却每一次都没有停留——只要士兵的目光在哪个女人的脸上停留超过一秒钟，那个女人就必将死去。那是来自地狱的目光。

战争是罪恶的。士兵是罪恶的。她也是罪恶的。她知道。

似乎她的血越来越少。一开始，她咬手指。后来，她咬手腕。再后来，她咬所有可以放出鲜血的地方。有女人发现她的做法，开始效仿，于是，第二天，很多女人的脸，便有了红艳艳的色彩。可是仍有人被射杀——前线的士兵势不可挡，被送来的女人越来越多。车间里，已经不需要那么多工人。

这样的日子延续了两年。终于，与她一起前来的女人，只剩下她和一个女孩。焚尸炉每天都在焚烧尸体，她想那些皮肉烧焦的臭味，会在这里弥漫一百年。

终于战争要结束了。她们得到消息，明天，盟军就会打到这里。当然，盟军到达以前，她们将会被集体射杀。

这结果，其实，她早就预料到了。

她熬过两年，终于熬到了死。她放光身体里所有的血，终于熬到了死。她努力说服自己不要恐惧，然而，她说服不了自己。

她躺在光光的床板上，旁边，睡着那位年轻的女孩。女孩身患重病，即使不被射杀，她也将很快死去。突然女孩笑了。她愣住。这是她第一次听见女孩的笑声。

她摇醒女孩。她问她笑什么。女孩说：我梦见自己变成新娘。我穿着雪白的婚纱，我的嘴唇红得就像刚刚采摘的樱桃。我把自己打扮得那么漂亮，啊，我是天使……

梦里的女孩成为新娘，成为天使，可是她呢？每天她也在努力打扮自己，却只为生产出更多更坚固的钢盔，然后将她的同胞，推向死亡。

这可耻。这不可耻。这可耻。

突然她想漂亮地死去。像梦中的女孩那样漂亮地死去。既然她靠血色多活了两年，为什么，她不能靠血色死去一次呢？

清晨，她唤醒所有的姐妹。她说让我们漂亮地死去一次。

像新娘那样死去。像天使那样死去。

......

　　她活了下来。尽管她们被赶到院子，周围布满荷枪实弹的士兵。枪没有响，士兵们匆匆逃离。然后，朝阳里，她看到一辆辆装甲车从天而降。

　　放过她们的，是集中营里的最高长官。他嗜血成性，杀人如麻。可是那一刻，他说，当看到她们用鲜血将自己打扮得漂漂亮亮，他害怕极了。他必须留她们一条生路，他不能射杀从地狱里逃出来的天使。

　　他是站在绞刑架上说出这句话的。尽管他罪恶滔天，但那天，他努力将自己打扮得英俊。

幸福果

朋友开了个水果店，总是在最明显的位置摆上苹果。在北方，苹果不稀奇，加之是产地，苹果并不能为他带来很高的收入。也曾有人给过他建议，让他在最明显的位置摆上火龙果、香蕉、荔枝……朋友笑笑：说，我喜欢被苹果的气味包围，这会让我安静和幸福。

大多时候，朋友坐在收银台里。收银台被摆放得整整齐齐的苹果包围，苹果的香甜气息丝丝缕缕，不热烈，却恰到好处。朋友说，他迷恋那种感觉。

一年以后，朋友关掉了水果店。我以为他生意清淡，撑不下去，打电话问他，他告诉我，他现在开始种苹果了。换句话说，他成了果农。

他的疯狂让我震惊。

这么多年，朋友一直是一个闲散的人。事实上，开水果店之前，朋友曾有一个非常体面的工作。他辞掉工作的理由是：他不喜欢太累。他说的累，不仅指身体，还有内心。朋友告诉我，他不想把自己变得越来越世故。人就应该越活越单纯，朋友对我说：就像苹果，清清淡淡的甜，清清淡淡的香，纯粹，平实，大众，不霸道。

苹果的品质，如人的品质。可是他成了果农，仍然让我看不懂。

朋友说：如果有空，你可以过来看看。漫山遍野的苹果，漫山遍野的苹果香气……

朋友的话，将我打动。想：躺在果实累累果香阵阵的果园里，品一壶好茶，看白云从枝隙间缓缓流走，时光应该美好得近乎停止吧？可是我还知道，果农的日子，从春到秋，少有清闲。除了那些美好，果树带给他们的还有劳累。

一个苹果从挂果到摆进果盘，并不容易。

很难想象朋友那样闲散的人，能做好一个果农。印象里，果农的脸上应该挤满皱纹，嘴里应该叼着烟袋，皮肤应该晒成古铜色，面对一园果实，应该眯着眼，抽着烟，静静地看着它们。朋友不是果农的模样，也许，他永远也成不了一个优秀的果农。

去沂源找到朋友，才知他的果园远非我想象中的模样。果园不大，果树都已不再年轻。朋友告诉我，人如树。树龄太大的果树，结果便不会太多，终有一天，它们也会像人类一样死去，然后也许会在它的位置，栽下一棵新的果树。对它们来说，轮回也代表着新生。

是接手了别人的果园。朋友说：那时这些树已经很老。我舍不得看它们就这样被砍掉，跟妻子商量了一下，就接过来。总可以挂几年好果实吧……

我笑了。朋友不仅不是一个好果农，还不是一个好商人。

那时苹果已经去袋，秋日的阳光正在为它们补充颜色和甜度。朋友坐在果园里，看着那些苹果，突然说：我喜欢这样的生活。早晨起来，园子里走走，闻一闻果树的气味，感觉整个人从内到外都是新的……这里没有污染，少人打扰，你想要多安静，就会有多安静……苹果树也许是世界上最懂得感恩的树吧？你如何对待果树，果树就会如何回报你……你有多少年没有听到鸟鸣了？在这里，只要你肯倾听……

可是真正的果农不是你这样的吧？我说，我知道，果树其实并不好侍弄，果农的工作并不轻松……

你可以换成另外一种方式。朋友说，比如我从来没有把种果树当成事业，我将它当成生活……

生活？

整个果园就是我的家，果园里的蜜蜂、蝴蝶和鸟儿都是我的朋友和家人。朋友说，我种下蔬菜，养了牛羊，每天陪妻子到园子里走一走，干点活，这样想着，你就不会累了。

说到这里，朋友笑了：每天面对你的家，面对你的家人，你还会累吗？

我承认朋友说得很有道理。

下午，朋友在他的果园里宴请我。自种的蔬菜、自养的鸡鸭、自酿的米酒，我和朋友喝了个人仰马翻。饭后，朋友随手从树上摘了一个红透的红富士，衣襟上擦擦，递给我。苹果是世界四大水果之一，而产自这里的苹果，不仅色泽鲜艳、清脆香甜，并且无公害。朋友笑着对我说：甚至可以不必洗，枝头上摘下来，直接啃就是了。

咬一口，果然既脆且甜，润喉生津，刚才的酒，仿佛也解了一半。

因沂源是山东平均海拔最高的县，夜里的果园，稍有凉意。朋友说：正是因了高海拔，才能长出这般惹人喜爱的苹果。可别小看了这些苹果，朋友指着满园的苹果，说，它们曾被评为"奥运推荐果品一等奖"和"中国国际林业博览会金奖"，并被中国果品流通协会授予"中华名果"的称号。说到这里，朋友冲我眨眨眼睛，说，你吃的是名副其实的"奥运果"呢。

问他为什么会突然关掉水果店，来这里种苹果，朋友说，因了他的妻子。这时我才意识到，这么多年，我一直将他的妻子忽略。朋友很少在我面前提及他的妻子，但是我知道，他的妻子这几年身体并不好。现在，他的妻子坐在不远处，一边啃着苹果，一边听着收音机。

大夫说，找个空气好的地方待上几年，干些农活，也许会对她的病有帮助。朋友说，之前他们有过类似的病人，看似没救了，乡野里待上几年，竟然康复……

看似没救了？我惊愕。

肿瘤，好几年了。朋友笑笑说，其实这才是我来这里种苹果的原因。当初，得知她患上肿瘤，我们俩相拥哭了整整一夜。然后，到了早晨，我问她，想不想找个果园待上几年？像董永和七仙女或者牛郎和织女那样，你挑水来我浇园。她说，想啊。就来了。当时，我们想，假如这真的是她生命里的最后时光，那么，我与她安安静静地待上几年，也算少了些遗憾……你知道平安果吗？平安果，就是苹果。

现在，她的身体怎么样？我想我能理解朋友留下那一园老果树的做法了。

挺好啊！每隔一段时间，我就会与她下山，去医院检查。每一次，她的身体都会比上一次好。朋友笑着说，我不知道这是因为她喜欢吃苹果、因为这里的绿色蔬菜、因为这里的空气好，还是因为我们的爱情真的感动了上天。不管如何，我庆幸当初的选择。

平安果就是苹果。那天夜里，我一遍又一遍地在心里祝他们平安、健康、幸福。

我还知道除了"平安果"，苹果还有其他很多别名：柰子，超凡子，天然子，智慧果，联珠果，记忆果……但现在，我想，就为了这对果农夫妻，苹果还应该加上这样一个名字：幸福果。

想这人生，有美丽安静的田园，有不离不弃的爱人，有平淡相守的日子，便该是幸福的吧？

万花筒

　　黄昏时候，列车开出老牛的速度。车厢里很安静，有人打着盹，有人看着报，有人发着呆，有人吃着东西。列车咣当咣当，漫不经心地驶向终点。终点是一个陌生的城市，父亲带着他的儿子去那里看病。

　　四个人的座位。父亲和儿子坐在这边，那对年轻人坐在另一边。他们还是大学生吧？看他们的穿戴和表情，看他们旁若无人地表现出虽稚嫩却亲昵的举动。他们喝着可乐，吃着薯片，谈着周杰伦和巴黎圣母院，用纸巾为对方擦去嘴巴上的残渣。两个人偷偷笑着，薯片嚼得咔嚓嚓响。

　　他们，在吃什么？儿子拽拽父亲的衣角，小声问。

　　薯片。父亲小声说，别看。

薯片？

就是土豆片。父亲说，让你别看！

土豆片吗？儿子听话地将目光移向别处，这么薄的土豆片……刀子切的？

刀子切的吧……也可能先把土豆磨成粉，再把土豆粉压成薄片。父亲说，总之就是土豆。土豆，咱家里多的是。

可是跟咱家土豆不一样呢。儿子虽然看着窗外，却不断翕动着鼻子。好香！

父亲变了脸色。他狠狠地剜儿子一眼。儿子的鼻孔马上就不动了。

装薯片的纸筒好漂亮。过了一会儿，儿子说。

父亲看着窗外，不说话。

他们吃完了。儿子说。

父亲仍然没有说话。

他们吃光了薯片，好像他们不要那个纸筒了。儿子看着父亲。

你想干什么？父亲看着他。

我想要那个纸筒。

要纸筒干什么？

做个万花筒。儿子说，我早想做一个万花筒了……那个纸筒正好……他们吃完了，那个纸筒好漂亮。

父亲瞪着他的儿子，脸上有了怒气。儿子用眼角怯怯地看看父亲，又低了眼，缩进角落，坐得笔直。那个空荡荡的纸筒就扔在桌子上，伸手可及，男孩几次把胳膊抬起来，却只是挠了挠自己的脸。

列车在一个小站有了短暂的停留，两位年轻人背起行李下车。临走前他们收起那个纸筒，丢进火车上的垃圾箱。

他们把纸筒丢了！儿子兴奋地拉拉父亲的衣角。

哦。父亲说，那东西本来就没有用。

可是我想用它做一个万花筒！

别闹……那是城里人丢掉的东西……

我没闹……他们不要了，我去捡过来……

又不能吃！

我要做万花筒……

信不信我揍你！

他们不要了……

我真揍你！

巴掌扬起来，高高地，恶狠狠地，做着时刻落下去的姿势和准备。男孩小小的身体猛地一颤，又咬咬嘴唇，缩缩脑袋，再一次低了眼。却有眼泪在眼眶里打转，他感到非常委屈和不解。

列车终于抵达终点，父亲拖着他的儿子，下了火车。男孩拼命回头，眼巴巴地瞅着垃圾箱里的空纸筒。没有用，父亲拽着他，五根手指如同五把结实的铁钳。

那纸筒安安静静地躺在那里，等待被丢进更大的垃圾箱。城市里它只是一个毫无用处的包装盒，可是到了乡下，它可能变成一个让孩子开心无比的万花筒。

第六辑　阳光划破你的脸

石头剪子布

无论相貌还是身材，兄弟俩都长得一模一样。哥哥比弟弟早出生十几秒钟，所以他成了哥哥。

小时候家里穷，常常两个人才能分到一块糖，一个酥饼，一支铅笔，一个作业本。分享是一种办法，石头剪子布是另一种办法。一，二，三！胜负马上见分晓。当然大多时候，只要有可能，获胜一方仍然会与落败一方一起分享胜利果实，不过这样一来，落败一方就有了接受馈赠的感觉。这感觉别别扭扭，不那么令人舒服。

落败的一方，永远是哥哥——他总是固执地出石头，从来不肯改变。有时弟弟问他：你故意的吧？哥哥回答说：只我一个人故意有用吗？——不过我相信你不会永远出布，所以下一次，我肯定赢你。真到了下次，他仍然出石头，弟弟仍然出布。漫长的童年记忆里，弟弟是永远的赢家。赢他的方式也永远固定不变——布，赢下了石头。

到了上学的年龄，兄弟俩一起就读村里的小学。所有不能够分享的东西，都被他们用石头剪子布的简单方法顺利解决。弟弟总是出布，哥哥总是出石头。有时哥哥也急了，他说你就不能让我赢一次？弟弟说这个简单，下次我还出布，你看着办。到下次，弟弟果真出布，哥哥的手却仍然攥紧成拳头。

兄弟俩一起初中毕业，却不能够一起升到高中。那天父亲把两个人叫到一起，跟他们谈了很久。父亲说不是我不想让你们继续读书，而是我实在没有能力同时供你们两个人读到高中毕业。说完父亲就哭了。那是无声的哭泣。他尴尬地笑着，泪水却从眼角奔涌而出。兄弟俩向父亲点点头，一同起了身，走出屋子，来到院子，面对面站好。哥哥说我学习成绩一向比你好。弟弟说可是我是弟弟。说完两个人都轻轻地笑了。哥哥问弟弟：这次你出什么？弟弟说：布。一二三，弟弟果然出布，哥哥出的仍然是石头。哥哥站在原地，一个心愿轰然坍塌。弟弟走上前拍拍他的肩膀，发现他早已经泪水滂沱。

退学后的哥哥在村子里待了三年。白天他和父母一起下地干活，晚上就抱着弟弟的高中课本看。他最喜欢的是《语文》，因为那上面有许多他以前不知道的故事。有时弟弟会带回来他的试卷，哥哥看了，连连嘲笑弟弟的愚笨。怎么连这个题目都会答错？哥哥不满地说，这样子还怎么考大学？

弟弟的成绩的确不理想。并非他不努力，他的资质本就如此。临近毕业的时候，父亲在村子里盖起三间新瓦房，那是父亲一生中最庞大最艰辛的工程，不仅倾尽所有，并且债台高筑。他仍然把两个儿子叫到身边，然后尴尬地笑。他说暂时只能先盖三间了。三间，只能保证你们其中一个人娶媳妇。以后有了钱，我保证，再盖三间……哥哥看看弟弟，弟弟看看哥哥，都不说话。谁都知道三间瓦房在贫穷的乡下意味着什么，谁都怀疑父亲或者自己在今后十年之内还有没有盖起这样三间瓦房的能力。他们再一次来到院子，再一次玩起那个游戏。哥哥问：这次还是布？弟弟说当然。哥哥说这一次你可千万不要后悔。一，二，三，弟弟再一次赢了哥哥。哥哥转身往屋子里走，弟弟追上前去，与他并肩。弟弟说你完全可以换一下的……你为什么不出剪子？哥哥表情僵硬地笑笑说：你为什么总出布呢？一连好几天，两个人再也没有说一句话。

哥哥在几天以后踏上去城里的打工路，弟弟在半个月后迎来了高考。哥哥在城市里流浪很久才找到一份工作，弟弟在考场上使出浑身解数仍然名落孙山。那时考上大学并不容易，那时高考落榜回村务农几乎是唯一的选择。回到村子的弟弟一直没有搬进父亲为他准备的三间新房，他突然产生出一种非常奇怪的感觉。他想假如自己搬进去，那么，或许他这一辈子，都会被困在这个山村，被困在这片贫瘠且毫无生机的土地。并且，似乎，那并不是他的房子。那房子本属于他的哥哥。

一年以后他也坐上了通往城市的长途汽车。城市里有他的梦想，城市里还有他的哥哥。

城市与乡村最大的区别，就是看不到日出和日落。鳞次栉比的高楼大厦和五光十色的霓虹灯让人分不清什么时间是白天什么时间是黑夜。可是对他来说，那时的城市根本没有白天。他已经流浪了一个多月，他疲惫不堪，垂头丧气。

他只好找到哥哥，并住进哥哥的宿舍。第二天哥哥带他去找厂长，请求厂长给他弟弟一份工作。厂长思忖片刻说：那就先试用三个月吧！如果干得好，就留下。哥哥对厂长百般感谢，腼腆的弟弟却只知站在一边傻笑。

三个月很快过去，弟弟留在了城市。虽然工作并不理想，可那毕竟是一处暂时的安身之所。不久以后他从临时工转为合同工，正式成为工厂的一员。

他和哥哥经常坐在一起聊天。他们从不谈以前的事，从不谈他小时候赢到的铅笔、硬糖、酥饼、苹果、铅笔盒、就读高中的机会、一栋三间大瓦房……他知道哥哥仍然记得这些事，他不知道哥哥是否恨他。他常常想，假如把读高中的机会让给哥哥，那么，哥哥会不会考上大学？或者，当时还在读着高中的他，是否真的需要那三间瓦房？如果不需要，为什么还要赢下那时已经是标准农民并且急需一栋房子的哥哥？假如将那些结果对调，那么现在，他们无疑会有着完全不同的命运。只是似乎，哥哥的前景会很乐观，而他充其量会在乡下务农或者在城里的某个工厂打工。他认为自己愧对了哥哥，因为他赢得了一个机会，却没有利用这个机会跳出农门。可是假如有一天，假如他们再一次面对一个机会，他真会让哥哥赢了自己吗？或者，即使自己想输，就能够输掉吗？

他和哥哥都没有想到，这一天竟会来得如此之快。

是一天晚上，两个人正睡着觉，外面突然传来嘈杂的叫喊声。忙爬起来，发现车间里已经火光冲天。失火的车间有一个大锅炉，那锅炉一旦爆炸，等于同时燃放了几百吨烈性炸药。所有人都在慌乱地奔跑，却是和车间完全相反的方向。哥哥对弟弟大喊一声：冲！两个人就同时冲向车间，冲向大火。火光中他们看到了厂长，他向他们疯狂地喊叫。

由于他和哥哥为消防队员争取了时间，大火被扑灭时，锅炉仍然安然无恙。可是两个人都受了伤，需要住院休息。他们住在同一间病房，两张病床挤在一起，排成一排。弟弟的病床，有阳光。

为了表示感谢，厂长决定奖给他们一套商品房。那是寸土寸金的市区，那套房子值很大一笔钱。厂长拿着鲜花去看他们，他对他们说：现在工厂的资金有些紧张，加上大火造成了不少损失，所以暂时只能先奖你们其中一个人一套，等以后工厂好过些，再想办法奖另一个人一套……这是一套可以带户口的房子，住进去，就等于变成了城里人……

哥哥和弟弟，相视而笑——有些事，像是命中注定，想避都避不开。

厂长接着说：当然你们可以将房子卖掉然后把钱分了……不过这样就失去了那个城市户口。说到这里厂长不好意思地笑了，他说我的话好像有些多余了……我忘了你们是兄弟……

厂长离开后，他们再也没有谈起过这件事。似乎两个人突然失去了石头剪子布的勇气。石头剪子布，一种最为简单的游戏，一种最为残忍的赌博。胜负刹那分明，其中一人彻底失去机会。

几天后厂长再一次来到他们的病房。他告诉他们，由于一些手续上的问题，那套房子现在必须明确一个户主。兄弟俩互相看看，然后一起问厂长能否帮他们去医院门口的超市买一袋水果。

病房里终于只剩下兄弟二人。哥哥看看弟弟，再看看弟弟的手。他说：我们开始吧。

弟弟的表情飞快地变了一下。他苦笑一下说：这次，你肯定可以赢我。

哥哥笑了笑。他说这么多年过去，也该我赢你一次了。

一，二，三！哥哥和弟弟同时伸出手。哥哥仍然出石头。这一次，他仍然输给了弟弟。

弟弟的手僵在那里，表情长久凝固。突然他紧紧地拥抱了自己的哥哥，高喊一声"哥"，然后号啕大哭。

那一天，其实，他特别想输给自己的哥哥。可是他不能不赢——他的手上打着石膏，不能够弯曲。他和哥哥都知道，那一天，他只能够出布。

请参观我的花园

请参观我的花园吧。女孩说，这是世界上最漂亮的花园。这是花园的栅栏，栅栏上爬着的那些牵牛花，都是我亲手播下的种子。栅栏很低，这样行人即使站在街上，也可以看见花园里的鲜花。你知道栅栏外边正开着的是什么花吗？你当然不会知道。是金银花！难道你没注意吗？一黄，一白。一金，一银。是我春天时栽下的，想不到这么快就开了花……

我带你进花园里看看吧。女孩说，你慢慢看，这个花园大着呢。你跟住我，沿着鹅卵石小路走，千万小心长着尖刺的蔷薇枝。你还要小心蜜蜂，这个季节的蜜蜂是最多的。当然，只有花开得多，开得好，开得香，才能引来成群的嗡嗡叫的蜜蜂……你知道这丛金黄色的是什么花吗？是四季菊！

人们说四季菊只能栽在花盆里，我却成功地将它们移到了花园……

这棵树叫作合欢树。女孩说，你认识合欢树吗？你读过作家张贤亮的《绿化树》吗？我在收音机里听过。那里边说的绿化树，就是合欢树。你来得晚了，没赶上它开花。如果早几天来，早上十天，或者早上半个月，你就会看到它粉红的绒毛一样的花。花开得很盛，堆着，挤了满树，就像撕了一片晚霞铺到树上，哪怕离花园很远，你也能闻到甜丝丝的花香。合欢花，又叫马缨花……

这棵树你肯定认识。女孩说，是的，这是桃树。这棵桃树是我从乡下带回来的，一开始它只是一棵树苗，又瘦又小。你知道这是什么桃树吗？是扁桃。你看到树丫上的桃子了吗？是扁的，不大也不红。但是非常甜呢。你要不要尝一个？你应该尝一个的。你知道扁桃又叫什么桃吗？叫蟠桃！我猜你肯定大吃一惊吧。当年孙猴子看守王母娘娘的蟠桃园，看的就是扁桃。所以你千万别小瞧我这个花园，有王母娘娘的蟠桃呢……

知道这几棵是什么花吗？女孩说，你说对了，都是玫瑰花。这是红的玫瑰，这是紫的玫瑰，黄的玫瑰，白的玫瑰……知道一天里什么时候玫瑰花最漂亮吗？当然是早晨。

早晨，花苞上还沾着露珠，花瓣好像是透明的，早起的蝴蝶在花苞上跳起舞，淘气的猫咪在花丛间扑着蝴蝶……玫瑰是爱情的象征吧？等我长成穿着白裙的大姑娘，我想会有一个很帅的小伙子送我大红的玫瑰……

你再看看这边，女孩说，这边的花更多。江斯蜡，鸡冠，夜来香，巴西红，老来娇，太阳花，一串红，石榴……这边还有一棵无花果树。你知道吗？无花果树是世界上唯一一种一年结两次果实的果树呢。无花果成熟了，外面仍然是绿的，里面却早已红艳艳了。熟透了，就会裂开一点点，你站在树下，满树的无花果都在朝着你笑……

我的花园还不错吧？女孩说，很多人对我说，这是世界上最漂亮的花园。我让你看了花园里所有的树所有的花，你肯定很高兴，是吧？看看，你的嘴都笑歪了。当然这是不能白看的，你知道，每天我都要给这些花花草草施肥、浇水、喷洒农药……我为这个花园付出了辛勤的劳动……给多少钱？你看着办，多一些，少一些，都行。你放心我从不乱花钱，我会把这些钱存起来，等我弟弟上了大学，给他用……你小心别被这些蔷薇枝扎伤了腿……好了，现在我们关起栅栏门……

男人微笑着，从口袋里掏出十块钱。非常感谢你，他把钱递给小女孩，这的确是我见过的最漂亮的花园。并且我相信，你的花园会一天比一天漂亮……

男人跟女孩道别，走向不远处等候的女儿。女儿不高兴地噘起了嘴巴，说：整条街都知道她是疯子，你竟还给了她十块钱……

男人冲女儿笑笑说：刚才她真的很快乐呢。

女儿说她的快乐非常重要吗？我在这里，等了你将近半个小时……

男人说当然，她的快乐非常重要。尽管她是疯子，可是她和你一样，不过是一个小女孩……更何况，她用了半个小时的时间，给了我一个非常漂亮的花园……

远处的女孩，安静恬淡，脸上遍洒阳光。她的膝盖上放着一张卷了毛边的纸，纸上胡乱地抹涂着一些简单的线条和各种杂乱无章的颜色。在那上面，你根本分不清哪些是树，哪些是花，哪些是蜜蜂，哪些是栅栏……

给您换一碗

每个黄昏，年轻人都要过来吃碗拉面。面馆很小，板房改造而成，半露天。正是夏天，苍蝇成群。年轻人在一个建筑工地干活，这是离他最近的面馆。

年轻人喜欢吃面。不仅因为便宜，还因为面的味道。

工地没有食堂，早晨和中午，年轻人在附近商店买两个馒头和一包咸菜，加上一碗水，就能将两顿饭对付过去。可是晚饭，年轻人一定要吃一碗面。面虽然简单，但里面有油，有盐，有酱油，有醋，有几块牛肉和几点葱花。正是长身体的时候，年轻人需要这些东西。

一碗面当然不能让年轻人吃饱。所以，回去时，年轻人仍然会拐到商店里，买个馒头，买包咸菜。年轻人坐在工棚里默默地吃，想着远方的母亲和父亲、弟弟和妹妹，一碗水喝得咚咚有声。年轻人幸福并且忧伤。

面馆虽然很小，很脏，但那个秃头老板能把面做出非常棒的味道。年轻人认为他最大的幸福，就是坐在面馆的长凳上，冲秃头老板喊：来一碗面！多放点葱花……

那天年轻人发现碗里有一只苍蝇。他吃下一口面，辣得龇牙咧嘴，低头，便看到苍蝇。年轻人唤来秃头老板，老板一个劲儿地给年轻人道歉。真的很对不起，老板说，这里马上就要拆迁，不值得再装修，所以苍蝇多。年轻人摆摆手，表示没关系。老板笑笑，说：那给您换一碗。他端走年轻人只吃掉一口的面，然后给年轻人重新端上一碗。年轻人吃着面，突然感到有些可惜——那碗面里不过有一只苍蝇——那碗面他不过吃掉一口——那碗面里甚至还有两块薄薄的牛肉。年轻人想，假如他能将那碗面吃掉大半甚至吃到只剩下汤水，再喊来老板，将会是不错的结果。年轻人坐在工棚里啃着馒头，仍然想着这件事情，他觉得那碗面，真是太可惜了。

假如再碰到这种情况，他一定会晚些喊来老板。年轻人想，花一碗面的钱吃掉两碗面，应该是件很合算的事情。

可是这样的事情毕竟很少。谁都不希望碰到这样的事情：老板，食客——除了年轻人。

终于，三个月以后，年轻人的碗里，再一次出现一只苍蝇。

是深秋，苍蝇已经极少。可能正因为此，老板放松了警惕。年轻人吃下一口面，抹抹脸上的汗。正这时，他发现，他的碗里，有一只苍蝇。

年轻人愣了愣，抬头看看忙碌的老板，又低了头，用筷子小心地将苍蝇拨到碗沿，然后，不动声色地继续吃了起来。

面的味道真的很棒。一只苍蝇并不能破坏年轻人的胃口。

可是年轻人不能将面吃光——他得做出突然发现苍蝇的样子——他得做出发现苍蝇便扔掉筷子的样子。年轻人大声喊：老板！秃头老板慌慌张张地跑过来。年轻人扔了筷子，说：你怎么回事？面里有一只苍蝇！

苍蝇？

你看看。年轻人说。

年轻人拾起筷子，拨动着剩下的几根面条。他没有发现苍蝇。年轻人继续拨动面条，没有苍蝇。年轻人找来一只空碗，将碗里的汤一点一点滗出去。苍蝇仍然没有出现。很多食客盯住他看，表情复杂。年轻人只觉一股血冲上脑门。

他难受。他想哭。不是因为他不小心吃掉了那只苍蝇，而是因为，或许，这些人，食客，甚至老板，都看清了他的伎俩。

苍蝇呢？老板问他。

刚才……还在……现在……找不到了……我也不知道……

真有苍蝇？老板目光如炬。似乎他的目光能够将年轻人穿透，似乎他知晓年轻人脑子里的所有秘密。

真……有。

老板轻轻叹一口气。老板冲周围的食客笑笑，以示抱歉。然后，老板端起碗，对年轻人说：对不起，我这就给您换一碗。

年轻人愣了愣，终于伏上桌面，哭出声来。

父亲的秘密

　　假期里，父亲和他八岁的儿子，去森林里游玩。他们往密林深处不停地走，不知不觉迷了路。四周的古树遮天蔽日，像一只巨大的笼子将他们困在中间。父亲背起疲惫的儿子，试图走出去。可是他无奈地发现，自己能够做的，只是每隔一段时间，重新回到原地。

　　那里有一个废弃的木屋。木屋里也许住过守林员，也许住过伐木工人，现在它空着，破烂不堪，仿佛随时可能倒塌。可它毕竟是一间屋子，这能够为父子俩增加一些安全感。晚上他们挤在里面，生起一堆火。外面传来野兽的叫声，似乎距他们很遥远，又似乎近在咫尺。儿子呜呜地哭起来，他说：我们会不会死在这里？父亲用力拍拍他的肩膀。父亲说不怕，我们会走出去的。

可是第二天，他们仍然围着木屋不停地画着圈。让父亲稍感欣慰的是，木屋外面有一口水井，水井里面有干净的水。他小心地踩着井沿的缝隙下去，用随身携带的军用水壶，打上一壶水。可是他们已经没有任何可吃的东西，恐惧的乌云笼罩了他们。

第三天，父亲放弃了那种徒劳的尝试。他对儿子说：这里有木屋，有水井，就很有可能是一些路过者的临时驿站。我们只要等在这里，就肯定会遇到人……你留在这里等我回来，我到附近找些吃的。儿子问：附近有什么吃的？父亲就笑了，他说：森林里还能饿死人吗？你难道忘了野生蘑菇很有营养吗？他为儿子打上一壶水，然后一个人离开木屋。他一边走一边回头对他的儿子说：守着屋子，千万不要乱走……等我回来，我们一起吃晚饭。

父亲并没有马上去寻找蘑菇。他把衣服撕成布条，系在木屋周围的树干上。系完，仔细检查一番，调整了几个布条的位置。他想这样如果有人经过，就会发现这些布条，再发现小屋，再发现小屋里的他们，并将他们带出森林。他想这可能是他们唯一的机会，他不敢有丝毫马虎。

那天父亲很晚才回来，他捡回了一小把蘑菇。虽然仍然走不出去，虽然仍然没人发现他们，可是有了蘑菇，他们就有了活下去的希望。儿子问：这蘑菇不会有毒吧？父亲说不会……在走出去之前，我们天天喝鲜蘑菇汤。儿子问：这附近蘑菇多吗？父亲说不多，也不少。儿子说明天我也去捡。父亲说不行，你得守在这里，万一有人经过怎么办？我们的目的是走出森林，不是在这里吃蘑菇宴。父亲朝儿子做一个鬼脸，儿子发现父亲的脸，有些浮肿。

父亲一连出去捡了三天蘑菇。他出去的时间一天比一天长，捡回的蘑菇却一天比一天少。每一次回来，他都是筋疲力尽，脸色蜡黄，完全大病初愈的样子。儿子问：你怎么了？父亲说没事，有些累。儿子害怕地哭起来，他说爸爸，我们是不是真的走不出去了？父亲说不会的，只要我们坚持住，就会有人发现我们……你别动我再去打一壶水来。

第二天果真有人经过。是一位猎人。是父亲的布条把他引到了小屋。猎人把他们带出森林，他们再一次回到了城市。那以后，每次谈起这次经历，父子俩仍然心有余悸。

家里的饭桌上，从此没有蘑菇。甚至，儿子说，哪怕在菜市场见到了蘑菇，他都想吐。

可是时间会改变一切。十几年过去，有一天，儿子回家时，竟提回一小袋蘑菇。他告诉父亲，这是真正的野生蘑菇，是近郊的农民在大山里采的，刚才在街边叫卖，他看看不错，就买来一袋。十多年没吃蘑菇了吧？儿子对父亲说，我想你可能都忘记蘑菇是什么味了。

父亲笑笑，没说话。他似乎对蘑菇并不反感。

父亲把蘑菇倒在水池里仔细清洗。突然他低下头，从那些蘑菇里挑出两个，扔进旁边的垃圾桶。儿子问：爸你干什么？父亲说：这两个蘑菇，有毒。

有毒？儿子怔一下，你怎么知道？

父亲狡黠地笑了。他说：还记得十几年前我们的那次历险吗？那三天的时间里，我可能，尝遍了世界上所有的蘑菇……你当然不会知道，这是我的秘密。

在痛苦的深处微笑

父亲驾驶着货车，在一条陌生且偏僻的土路上奔驰。突然货车扭起了秧歌，几近失控。他狠狠地踩下刹车，避免了一场可怕的灾难。他对六岁的儿子说：坐在车上别动，我下去看一下。

汽车停下的位置，是一个斜缓的下坡。父亲钻到货车下，仔细检查他的车。正午的太阳高悬在天空，坑坑洼洼的土路上没有任何过往的车辆和行人。儿子在驾驶室里唱起快乐的歌。父亲轻轻地笑了。他握住扳手的手加大了力气。

突然，毫无征兆地，汽车滑动了一下。男人永远不会知道汽车为什么会突然滑动。是刹车突然失灵，还是驾驶室里的儿子扳动了刹车。似乎汽车在他头顶快速地驶过去，然后猛地一颤，就停下了。儿子的歌声戛然而止。那一霎间，巨大的痛苦让父亲几近昏厥。

他仍然躺在车底下。凭经验，他知道，是一块凸起的石头阻挡了滚动的车轮。

父亲想爬出去，可是他的身体根本动不了。他感到一种几乎令他无法忍受的剧痛。他不能够辨别这剧痛来自身体的哪个部位，更不知道在那一刹那，车轮是从他的胸膛上还是两腿上轧过去的。那一刻他只想到了自己的儿子。他高喊着儿子的名字，他说：你没事吧？

儿子推开车门，跳下来。他说我没事，我不知道汽车怎么突然动了。

父亲朝儿子微笑。他说你没事就好。你把电话拿给我。

儿子说：你要电话干什么？你怎么不起来？

父亲说我累了，我想躺在这里休息一会儿。你把电话找给我，我给妈妈打个电话。疼痛在一点一点地加剧，如果不是儿子在场，他想，他或许会痛苦得大叫起来。可是现在，他只能微笑地面对自己的儿子。

儿子取来了电话，他拨通了急救电话。可是他根本无法讲清楚他所处的准确地点。他不知道急救车什么时间能够抵达这里，更不知道，他还能不能挨过这段漫长的时间。

接着他拨通了妻子的电话。她问：你还好吗？他说还好，我们现在正在休息。她问：小家伙好吗？他说好，在旁边呢。然后他扭过头，冲蹲在不远处的儿子挤挤眼睛。她说那就好。早点回来，想你们了。他听到她在几千公里外轻吻了他，然后挂断了电话。他笑着对儿子说：你就蹲在这里，别回到汽车里去。——他不敢肯定，汽车会不会再一次滑行。

儿子有些不太愿意。他说天太热了，我不喜欢蹲在这里。你还没把车修好吗？

他朝儿子微笑。他说还得等一会儿，并且，我还没有休息好。这样，现在我们做一个游戏。我们朝对方微笑，看谁先支持不住。记住，只能微笑。父亲盯着他的儿子，微笑的表情似乎凝固。只有他知道，此时，他在经受着怎样一种天崩地裂的剧痛。

儿子对游戏产生了兴趣。他坐在地上，学着父亲的样子微笑。后来他困了，眼皮不停地打架。终于，他躺在地上睡着了。

很长时间后他醒过来。他看到手忙脚乱的人群。他看到很多人喊着号子，掀开了货车，将脸色苍白的父亲抬上了急救车。父亲看着他，仍然是微笑的表情。

父亲保住了性命，却永远失去了两条腿。可是他没有失去微笑。微笑像阳光一样在他脸上流淌，让人踏实，充满安全感。后来儿子长大了，一个人漂泊在外，有了女朋友，结了婚，也有了儿子。很长的一段时间里，他的生活动荡不安。他身心疲惫，一个人承受着太多的艰辛和痛苦。可是，当面对自己的朋友，面对自己的妻儿，他总是深埋起所有痛苦，而在脸上，挂了和父亲一样的微笑。

他微笑着说：这是很多年前，我那面对灾难的父亲，留给我的所有表情。

是的。微笑不是父亲的唯一表情，但无疑，微笑是所有父亲最重要的表情。在痛苦的深处微笑，那是爱和责任。

亲情一刻值千金

自陈东进城，很少再回老家。城市距老家并不远，却是完全不同的两个世界。好不容易考上大学，好不容易离开家乡，好不容易有一分自己的天下，陈东很满意现在的自己。当然这一切来之不易，为此，陈东在城市打拼多年。

只是老家还有父亲。难得回家的日子，陈东会苦口婆心劝父亲进城。父亲说：城里有你的事业，有我的什么呢？陈东说：有你儿子、儿媳和孙女啊。父亲说：在乡下过了大半辈子，不折腾了。陈东说：正因为你在乡下过了大半辈子，才该去城里享几年福。你去，我们照顾你也方便。父亲说：才不用你们照顾呢——我身体这么硬朗，你们又那么忙。

陈东的确忙。最初进城那几年，他一直给别人打工，朝不保夕。后来他辞掉工作，自己办起公司，几年里吃尽苦头。好在这一切都过去了，现在他是风光体面的公司经理。业务多了，应酬自然也多，几乎每天晚上，待他回家，妻子和女儿，早已经入睡。

有时与父亲通电话，父亲会劝他，早点回家，别喝太多。知子莫若父，父亲知道陈东没什么嗜好，就是喜酒。刚创业那几年，没钱，陈东想喝酒，只能喝最便宜的酒。现在日子好了，陈东只喝一个牌子——"康百万"。他说除了喜欢"康百万"绵远悠长的口感，精致华丽的包装，他还喜欢那三个字。"康"即健康，"百万"即财富。有健康，有财富，就算成功人士了吧？

父亲也喜欢喝酒。陈东很少回老家，父亲要么一个人喝，要么与村里的老哥们喝。父亲喝酒不像陈东那样讲究，一把花生米，两杯高度酒，日子照样能飘起来。

陈东一年没有回家，父亲想他想得受不了，就进城住了一段时间。那段时间陈东很忙，不但不能陪父亲到处转转，连与父亲喝杯酒的机会都很少。难得有点闲暇，问父亲：喝啥？父亲说：你喝啥我喝啥。陈东便拿出"康百万"，父子俩小酌一番。不过这样的机会很少，大多时，陪陈东喝酒的，都是他的生意伙伴。

他相信父亲能够理解。

父亲临行前，正逢陈东宴请朋友，两箱"康百万"喝掉一箱半。他给父亲准备了很多东西，然父亲只带走剩下的半箱酒。陈东送父亲去车站，父亲仍不忘嘱咐陈东：酒可以喝，但一定要适量。陈东解释说：有时身不由己，他们硬逼着喝呢。父亲说：真正在乎你的人，永远不会硬逼你喝酒。我和你老婆硬逼过你吗？又说：康百万康百万，有健康，有百万，你才算成功人士。喝酒喝坏了身体，还算什么成功？

这道理，陈东懂。只是大多时候，他真的认为自己"身不由己"。不过随着年龄越来越大，陈东自感身体大不如从前，喝酒时便有所克制。时间久了，大家习以为常，竟无人再劝陈东多喝。

春节回老家，见父亲正与几个老哥们喝酒，桌上摆的竟是"康百万"。问父亲：你买的？父亲说：还是上次带回来的。陈东说：怎么还有？旁边的老哥们就笑了，说：他舍不得喝呗。只有我们来了，才拿出来显摆。说这是好酒，说这是他的好儿子特意买给他的。一句话说得陈东心里酸酸的，想回去以后，一定要亲自给父亲送几箱来，再陪父亲喝上两盅。

可是待回去，一摊子事等着他做，便想等端午再说吧。端午节又是一通乱忙，便想等国庆节也不晚。到了国庆节，想，干脆等过年算了。之间父亲给他打来几个电话，说想他了，更想小孙女，让他抽空回去看看。陈东说：春节吧。春节，我买上半头猪，再捎上几箱酒，咱爷俩喝个痛快。

春节前几天，陈东突然接到老家邻居的电话，说父亲病了，要他马上赶回去。陈东便慌了。父亲病到连电话都打不了，肯定很严重。拉上爱人和女儿，开车一路往老家赶，才想起还没买跟父亲承诺过的"康百万"。这时电话再一次响起，邻居边哭边骂他：你个兔崽子能不能快一点儿？

到了医院，父亲已在弥留之际。他只看了陈东一眼，便永远停止了呼吸。陈东发出一声撕心裂肺的长嚎：爹啊！瘫倒病床前，久久不起。

返回的路上，陈东对爱人说，以前只觉得健康和财富加起来，便是成功的人生，却忽略了比健康和财富更重要的亲情。亲情一刻才值千金哇！失去了亲情，就算再有钱，又有什么用呢？

陈东在家里一个明显的位置，摆上半瓶"康百万"。他说每当看到它，就想起父亲。虽然再也见不到父亲，但他还有爱人和女儿。无论将来发生什么，他都会好好待他们。他要把对父亲的缺憾，弥补回来。

那半瓶酒，正是他从老家带回来的。距陈东送父亲半箱酒已过去八年有余，可是那半瓶酒，父亲一直没舍得喝。

清明节那天，陈东将两瓶"康百万"洒到父亲的坟前。

他说：爹，以后每个清明节，我都过来陪你喝两杯。

然后，笑笑，笑出泪。

铁人男人

这男人是好男人，这男人是铁人。好像他从来不知劳累，他无怨无悔。

他在外面拼死拼活地工作，回来，家里仍然等着一摊子事。厨房的水龙头漏水了，卧室的日光灯该换了，房间的门总是关不严，卫生间里的某个插座，似乎有漏电的嫌疑。这些都是男人该做的事情，必须学会和做好。然后，也许他会跑进厨房挥起炒勺，也许只是替妻子打打下手，洗洗菜，或者将垃圾装进垃圾袋，提到楼下。他开始坐下来吃饭，那是一天中最为放松最为幸福的时刻，也许会喝点酒，但绝不能多喝。饭后还有别的事情要做，想到的或者想不到的，预料到的或者预料不到的。男人是家的支柱，这句话绝非空穴来风。

也许他需要陪孩子做做游戏，男人转眼间变成高头大马，孩子转眼间变成威风凛凛的骑士。也许孩子长成少年，他喜欢缠住父亲，和父亲掰手腕。他总是输，一次也赢不了，于是他的眼里，父亲的胳膊就是战无不胜的钢铁，父亲就是战无不胜的钢铁超人。他不理睬父亲已经忙了一天，他只在意自己的快乐，只在意需要有人陪伴着自己的快乐。父亲是钢铁超人，无所不能——父亲必须陪伴他。

终于要休息了，男人洗完澡，躺下，却又想起应该去厨房看一看。燃气灶的胶管已经有些老化，男人不敢肯定夜里它会不会偷偷漏气。男人蹲下身子仔细检查，甚至将鼻子凑上去闻。男人用一根橡皮筋小心翼翼地将胶管扎紧，然后站起来，随手关上厨房的门。男人去到儿子房间，替睡下的儿子掖掖被角；男人进了卧室，蹑手蹑脚。女人睡得正香，床头的薰衣草生机勃勃。男人想偷偷吻一吻女人的脸，下了几次决心，却终是没敢。他静静躺下，静静地把自己的手压在身下，那手是如此冰凉，他怕碰触到女人的身体。

双休日的男人并不能够放松。事实上，几乎所有事情，都要赶在这两天处理。上午他去了趟商场，他想给家里添置一台洗衣机。可是那些洗衣机如此之贵，男人掂量再三，还是作罢。回家时女人正洗着衣服，男人说：洗衣机没买成。女人就笑了。女人说：这么多年不都是手洗吗？洗几件衣服，累不坏。男人看看女人，不说话，却蹲到旁边，替女人搓起床单。女人把男人往外推，男人说可是床单呢！你一个人拧不动的。女人说拧不动再喊你，去客厅看电视吧！男人被推出洗手间，却不想让自己闲着。他抱了两个大花盆去了小区花园，他想给君子兰施施肥，给橡皮树换换土。

中午的男人也没有休息。他拿了燃气卡，去交上燃气费；去了趟银行，交上水费和电费；去买了液化气胶管，换掉厨房里老化的胶管。女人问：下午去不行吗？男人说当然行。不过，中午人少呢。男人露着憨厚的笑，男人的表情就像一个不谙世事的大男孩。

下午男人去了趟路边的车铺。他一直骑自行车上班，那辆车的年龄也许远大过男人。男人与车铺老板愉快地聊天，抽掉两根香烟。男人骑着自行车回家，顺路去超市买了些东西：牛奶、冰淇淋、苹果、蔬菜、牛肉、钢笔、洗浴液、毛巾、女人的发卡、一盒劣质香烟……只有那盒香烟是买给自己的，两大包东西挂在他的车把上，摇摇晃晃。

然后，男人去楼后的空地。非常小的一块空地，男人在那里种上了蔬菜。为这块菜地男人颇费一番心思，他说他要把这块地当成礼物送给他的妻子和儿子。地里种了黄瓜，种了豆角，种了西红柿和茄子，香菜和香葱。每种蔬菜都只种了一点点，只这一点点，就让他的妻子和儿子兴奋异常。现在男人站在一片绿色之间，心旷神怡——铁人男人也是有品位的，这品位便是城市里的一方绿色。

第二天，男人去了父母家里，又去了妻子的父母家里。他干了些活，清洗一下抽油烟机，或者把房间里的纸箱扛进储物间，活不多，却也累出一身汗。更多时候，他安静地和老人家聊天。他聊了工作，聊了儿子，聊了城市的变化，聊了楼后的那块菜地。男人在父母家吃了晚饭，又喝下一点酒。仍然不敢多喝，一会儿，他还得用自行车驮着自己的女人回去。铃铛响起来了，车子却行走得四平八稳。女人侧坐后座，一只手，轻轻揽着男人的腰。她问：累吗？男人说不累，我是钢铁超人。男人偷偷擦去额上的汗，再拐一个弯儿，他已经看到了自己家的阳台。

男人当然累。事实上，当他成长为男人，他就知道，他已经有了责任。累也是一种责任，男人想，假如家里只有一个人受累，那么这个人，毫无疑问，只能是他。他知道他不是铁人，他知道有时候他甚至比女人还要脆弱，他更知道，世界上有太多好男人，却绝没有一个铁人。所有的铁人都是装出来的，只为了一份责任。

　　好男人都是铁人，好男人都是装出来的铁人。我相信。
我们都相信。

阳光划破你的脸

男人住在地下室里，已经两年有余。租来的地下室，阴暗潮湿，散着混浊难闻的霉味。地下室没有窗户，更不会有阳光，冬天时，阴冷得就像寂寞的北极。只是窗户的位置，摆着一盆花。那花早已枯萎，趴着缩着，即使没有风，枝叶也会在某一个瞬间突然有了细微难觉的摇摆。那是死亡的声音，就像地下室里的男人。

男人有他的故乡。男人的故乡，山清水秀。那里有他的女儿和妻子，黄狗和水井，庄稼和土地，篱笆和向日葵。可是男人来到城市，在某一个夜里，惊慌失措。城市热闹繁华，阳光和暖，却与男人无关。男人很少走出地下室，除了买些必需的生活用品，他总是闷在地下室里。地下室就像一个被放大的老鼠洞，男人就像一只时刻保持警醒却已经接近崩溃的耗子。

房东是一对四十多岁的中年人。男人在贸易市场上卖菜，女人在贸易市场上修鞋，两个人相隔不远，抬头可望。他们有一个十多岁的儿子，他们的儿子没有读过一天书。每天，男孩待在院子里，与蚂蚁说话，与蚯蚓说话，与金黄色的阳光说话，与天空中快速掠过的飞鸟说话，偶尔，也会跑到地下室里，与男人说话。男孩口齿不清，男孩的胸前总是亮汪汪一片。但这并不妨碍男孩的快乐，男孩总是大咧着嘴巴，冲着他笑。

他是一个弱智的孩子。弱智的孩子，快乐总是来历不明，并且肤浅。他想。

整个漫长的春天，绝大多时间里，他都待在阴冷逼仄的地下室里。他不敢上街，他感觉街上每个人都在打量他，研究他，心怀叵测。他更害怕遇到警察，当警察从他身边走过，他会产生一种接近虚脱的感觉。他永远忘不了两年前的那个夜晚，那夜里，他高举起刀子，狰狞如鬼。就是从那天起，他开始拒绝阳光。事实上，他认为，地下室里的他，真的是一个鬼。

见不得阳光的鬼。

男孩坐在他的对面，冲他笑。他问：你笑什么？男孩说你的脸，比我都白。

是这样吗？他抓过镜子，果然，镜子里的男人憔悴不堪，胡子爬上脸颊，头发变得灰白——两年时间可以定格不动，两年时间可以老去百年——他的纸一般苍白的脸，没有任何光泽。

你不想出去晒晒太阳吗？男孩口齿不清地问。

晒太阳？

好大的太阳。男孩咧着嘴，阳光很暖和。

哦，晒太阳。他的心头轻轻一震，蓦然间想起自己的女儿。以前女儿也常常拉他出去晒太阳，在开满葵花的篱笆小院里，在一条黄狗和一口水井的旁边。那时的太阳是金子的质地，他的皮肤也是。连时间也是，连日子也是。可是现在，现在，他告诉男孩说，他不能出去的。

为什么呢？男孩歪着脑袋，拽了拽他的胳膊。难道你不想陪我玩一会儿？男孩说，到院子里去看看吧，很好的太阳。

男人愣了愣，终随男孩去了院子。确如男孩所说，很好的太阳，很暖的阳光。院门紧闭，院子里阒静无声，似乎这方小小的空间早已与世界彻底绝缘。可是这里又是如此熟悉，蚂蚁们匆匆忙忙，墙角静静地开出不知名的花，淡淡的清香阵阵袭来，阳光懒洋洋地照着，一切都是那般美好，让男人身心松弛。男孩为男人搬来一把凳子，男孩说：你应该多晒太阳的。

男人喜欢这种感觉。可是他仍然恐惧。街上的任何一点动静都令他心悸，令他的神经，再一次紧紧地绷起来。那天男人在院子里坐了两个小时，只有两个小时，可是男人分明感觉到金黄的阳光已经渗透他的皮肤，穿透他的肌肉，深入他的骨骼，最后，停留在他的灵魂深处。

那感觉刻骨铭心。

男人重新回到地下室，重新做回他的耗子。可是那几天时间，他总是怀念着院子里的阳光，想象着大街的阳光。他更想念他的女儿和妻子，黄狗和土地。在梦里，他一次又一次地回到故乡，亲吻女儿和妻子的脸，抚慰黄狗与土地的伤。醒来，男人泪流满面。

男孩在某个上午再一次拜访了他。男孩盯着他的脸看了很久，男孩说：你的脸好像暴皮了。

暴皮了？他愣住。慌忙抓来镜子，果然，他的脸变得一塌糊涂。

怪不得这几天他的脸一直火辣辣地痛。怪不得当他的手抚上自己的脸，即刻会有糙如砂纸的感觉。怪不得有时在梦里，他会梦见自己被炽烈的阳光烤焦融化。原来，他的脸暴皮了！他的苍白的脸已经不能够接受哪怕两个小时柔和的阳光！他被阳光灼伤了脸！他真的变成了只能够躲在夜里的鬼魅！阳光对他来说，就像炭，就像火，就像硫酸，就像锋利的刀子……

他吓傻了。怎么会这样？

你怕阳光吗？男孩睁着懵懂的眼，你怎么连阳光都怕？

我……怕……阳光吗？他问自己。

你怕阳光。男孩点着头，咧着嘴，流着口水，你真的怕阳光……以后你千万不要晒太阳，你得一辈子藏在地下室里，藏在黑暗里。男孩自顾自为男人下着结论。

那个瞬间，男人有一种彻底绝望的感觉。当然以前男人也曾绝望过，但是无论哪一次，都没有这次来得强烈、纯粹、彻底并且绝对。男人呆呆地望着镜子里的自己，心头猛然划过一道强烈的闪电。那闪电击碎他心中摇摇欲坠的堡垒，男人听到过去的倒塌之音。

男孩已经走到门口。这个弱智的孩子，竟也走得大摇大摆。

男人喊住了他。男人站起来，走过去，牵了他的手。

我们去大街上走走吧！男人笑笑，说，去晒晒太阳。

一条狗两条狗三条狗

　　清明那天，傻子从东方赶来。他披着汗衫、秋衣、毛衣、西装、中山装、军大衣、被子、麻袋和草绳，风尘仆仆。他像一辆坦克车，他的脚板让土路烟尘四起。

　　傻子住在近郊。那里有一个村子，两条土路，三棵树，四个垃圾箱。很少有身穿制服的人从那里经过。

　　傻子住在树下，又从垃圾箱里扒出变质的鸡大腿和只剩皮的包子。傻子对他的生活非常满意，他常常仰躺在春天的阳光里，咧开嘴，冲太阳笑。傻子不觉刺眼。傻子认为太阳就是一朵盛开的葵花。傻子嗅着太阳的香气，内心盈满感恩。

　　傻子遇到两条狗。

　　开始是一条。极小的狗，如同耗子。狗通体黑色，只在前额有一撮白毛。狗摇摇晃晃地跟在傻子身后，吐着暗红的舌头，贪婪并且惊惧地盯住傻子手里的鸡腿。傻子蹲下，对狗说：叫爹。狗说：汪。傻子说：叫爹，给你。狗说：汪汪。傻子说：不叫，不给。狗说：汪汪汪。傻子快乐地笑了，慷慨地将一只臭烘烘的鸡腿赏给狗。傻子说：我的好儿子。

第二条狗在一个月以后闯进傻子的生活。通体银白的一条狗，只有前额有一撮黑毛。狗瘦骨嶙峋，只剩一口气。只剩一口气的狗惶惶不安地挣扎在傻子身后，盯着傻子手里的馅饼。傻子蹲下，摸摸狗的脑袋。傻子说：我有一个儿子了。狗说：汪。傻子说：我喂不饱你了。狗说：汪汪。傻子说：留下你，我也会挨饿。狗说：汪汪汪。傻子笑了。傻子将手里的馅饼撕成三块，一块给白狗，一块给黑狗，一块给自己。傻子再摸摸狗的小脑袋，傻子说：你可真傻。

狗们越长越大，竟有了傻子的模样。同样一身脏，同样卑微的表情，同样惊恐的眼睛，同样大眼睛，小鼻子，同样喜欢蜷缩起身子。只是，太阳很好时，狗们也会打开身子，盯住太阳，久久不动。太阳是傻子和狗的葵花，常常，傻子对一黑一白两条狗说，只有坏人才会觉得太阳刺眼。

夜里傻子搂着黑白二狗，梦里喊出"汪汪"的声音。傻子说我梦见自己变成狗啦。黑狗白狗一起说：汪汪。傻子说我还梦见你们两个变成人啦。黑狗白狗一起说：汪汪汪汪汪。

散步时，傻子披着汗衫、秋衣、毛衣、西装、中山装、军大衣、棉被、麻袋和草绳，身后跟着黑白二狗。人和狗浩浩荡荡穿过村子，常常吓哭了闲耍的孩子。于是有村人冲傻子抡起拳头：滚开！傻子后退两步，缩脖，冲对方龇起牙齿：汪汪。两条狗听了，一起喊：汪汪汪。村人受到惊吓，连滚带爬，傻子和两条狗一起笑。汪汪汪。

初秋时傻子被一辆卡车撞伤了腿。傻子躺倒在垃圾箱旁，五天五夜。后来那辆车回来一次，却不是为傻子，而是为黑白二狗。那时两条狗正舔着傻子的伤口，那时傻子从嘴巴里哼出痛苦并且满足的声音。傻子听一人说：太瘦了。傻子听另一人说：终究是块肉。傻子听第一人说：还太脏。傻子听另一人说：天底下没有干净的肉。然后傻子看到两个一点点逼近的操了棍子的黑影。两条狗一起狂吠，傻子便也跟着狂吠起来。傻子的叫声与真正的狗真假难辨，那夜里傻子将喉咙嘶出了血。

两条狗最终平安无事。两人消失的时候，傻子听到他们说：的确太脏了。

傻子和他的狗，从暮春住到隆冬。可是狗们终没熬过冬天。临过年时候，突然，两条狗不见了。傻子疯了似的在村子里寻找，一根木棒抡得呼呼有声。然后，夜里时，傻子再

225

一次见到他的狗。却不过是狗皮，两张，随随便便地挂在垃圾箱上。狗皮上伤痕累累，傻子在每张狗皮上至少找到十处刀伤。傻子抚摸着狗皮，想起春天的太阳。春天里太阳干净剔透，春天里两条狗也干净剔透。现在狗躺在他的身边，一黑，一白，干瘪并且空空荡荡。狗皮上长着眼睛。空洞的眼睛。眼睛盯着天空，白天时，竟也闪闪发亮。

傻子没有哭。傻子只叹了一口气。傻子将两张狗皮披到身上，身前一张，身后一张。傻子幻为黑白二狗。

傻子坚守城郊，坚守一个村子、两张狗皮、三棵树、四个垃圾箱、几块枯骨。傻子坚守了半年，终被他粗暴的同类赶走。

那傻子说：你是一条狗。

傻子说：我不是一条狗。

那傻子说：快滚开。

傻子就滚开。滚开前傻子说了一句话。傻子说我不是一条狗，我是三条狗。一条狗两条狗三条狗。我是第一条，或者最后一条。

傻子目光灼灼。他像一位哲人。

然后，傻子身披两条狗皮，离开，头上顶着太阳，脚板击起尘烟。

晚 霞

　　他躲在晚霞里给老人打电话。对面是一家商店，女人慵懒地躺在竹椅上，摇着纸扇，眯着眼。

　　他说："妈。"

　　老人似乎愣了愣。心中一慌，他将电话攥出了汗。

　　"强子吗？"老人终于说。

　　"是我。"他将双肩包摘下，深吸一口气，"您还好吧？"

　　"还好。"老人说，"真是强子吗？"

　　老人有些耳背。老人行动不便。老人遇事没有主张。很多时候，老人思维混沌。是强子告诉他的。他与强子，曾经是最好的朋友。

　　不止一次，他听过老人的声音，在这个电话亭，在强子打给老人的电话里。每到月底强子都会给老人打一个电话，逢那时，他就会站在旁边，静静地听。他与强子是同乡，同年同月出生，说一模一样的方言，在离家千里的采石场相遇，他和强子都认为这很神奇。更神奇的是，他与强子的声音和语气都非常像。有那么一次，电话刚刚拨通，他抢过强子手里的电话，说："我是强子。"老人竟信以为真。

一年前他离开采石场，强子还在。他劝强子与他一起离开，强子说："我没什么本事。"他也没什么本事，但那时，他认为即使当乞丐都比放炮采石强一百倍。一年多他做过很多事情，却越做越失败，越做越绝望。他被人骗了一次，又一次，又一次。眼看离中秋节越来越近，他需要一笔钱。

乡下还有年迈的父亲，生病的姐姐，有盼他归还的姑娘。他没有母亲。他从没有见过母亲。母亲因生他而死。

"您连我的声音都听不出来了？"他说，"是不是我病得太重了？"

"你病了吗？"老人说。

"病了好几天，没敢跟您说。采石场帮我出了些钱，可是不够……"

"你胖了还是瘦了？"

"妈，刚才我说，我病了。"

"吃得惯工地上的饭吗？"

"我需要钱。"

"夜里冷不冷？"

老人虽然耳背，但绝不会听不清他的话。也许老人已经六神无主，也许老人的思维再一次开始混沌，在听说他生病以后。

他瞟一眼对面的商店，女人静静地躺在竹椅上，头歪向一边，睡得踏实并且放肆。柜台后面有一个隐蔽的上锁的抽屉，他知道那里面，有一笔钱。

假如骗老人不成，他还有另外一种方式。

"您得给我汇三千块钱过来。"他说，"两千块钱也行。"

"咱家的核桃今年结了好多。我一直给你留着……"

"您把钱打到卡上……"

"妈想把核桃砸了，给你炸核桃仁吃……"

"妈，您到底有没有在听我说话？我是说，我需要钱，我病了……"

"中秋节回来吗？"

他想他暴露了。老人肯定听出他不是强子。听出来，却不揭穿他，老人另有目的。他瞅一眼地上的双肩包，他想试最后一次。

"妈，如果您不汇钱过来，我中秋节就回不了家了。"

"我喜欢听你叫我'妈'……"

"我当然得叫您'妈'。我是强子……"

"你不是强子。"

"我是强子……"

"强子半年前就去了。"老人说，"他死在我怀里……"

他愣怔，半天没有回过神来。

"您明知我不是强子……"

"可是你的声音和强子真的很像。特别是那声'妈'……"

电话再一次被他攥出汗。又像一个烙铁，他想把它扔开很远。

"再聊几句吧。"老人说，"说说采石场的事……或者给我讲讲大海……"

"我不想聊了。"他说，"我还有别的事情。"

"那就……再说一句吧！"老人说，"最后一句。"

他使劲咬咬嘴唇，一滴泪滴落在他紧攥电话的手上。他没有母亲。他从没有见过母亲。可是那一刻，他特别想他的母亲。

"妈，保重啊。"他挂断电话，擦擦眼。

他在电话亭里站了很久。他瞅瞅地上的双肩挎包，几个小时以前，他在里面塞满胶带、改锥、绳子、铁丝和斧头。然后他推门，出去，站到晚霞里。晚霞将世界铺排成柔软的淡红色，他不再理睬地上的双肩挎包。

他从商店门前走过。竹椅上的女人睁开眼，看看他，笑笑，又眯起眼，翻一个身，毫无戒备地睡去。

他冲女人轻轻地说："保重啊。"

募捐者

募捐者坐在椅子上，坐在人群里。她的面前放一张桌子，桌子上放一架电子琴，一个铁支架，一个募捐箱。黑色的电子琴，琴面斑驳，琴键发出的声音可能早已经不再标准；铁架生满红锈，上面绑着一个麦克风和一只旧口琴；募捐箱只是普通的硬纸箱，糊了红纸，毛笔写了"募捐"，粗糙，拙陋。募捐者不说话，只顾唱她的歌。她的嗓音沙哑，歌声与琴声甚至有些脱节。然她的表情肃穆哀伤，只需看她的表情，你就会有想哭的冲动。

一曲终了，募捐者喝一口水，接着唱。嘴唇碰触瓶口的瞬间，她倒抽一口冷气，脸上有了痛苦的表情。她的嘴唇干裂，仔细看，你会发现她厚厚的嘴唇上，裂开一道又一道的血口。

那是 2008 年 5 月 12 日，下午三点多钟。这个时候，地震的消息还没有在城市里完全传开。不断有路人挤过去，懵懂着表情，问：为什么募捐？便有旁人告诉他：四川地震了。再问：严重吗？旁人答：7.8 级。问者炸了表情：这么可怕？答者点点头：可能是大灾难……所以募捐。问者想想，再问：这是民政部门的事情吧？或者由红十字会来管……我指的是，只有他们才有向社会募捐的资格吧？

答者无言以对。他的手里本来捏着五十块钱。五十块钱眼看就要塞进募捐箱，这一刻，却缩了回来。

又是一曲终了。募捐者清清嗓子，再喝一口水。问者上前一步，问她：你会怎么处理这些钱？

募捐者说：当然全部捐给震区。

问者不依：可是我们怎么相信你？

募捐者低下头，沉默很久。我没有办法让你们相信，她说，我只凭我的良心。然后，电子琴再一次响起来。

募捐箱摆在那里，显得有些孤单。虽然不断有钱塞进去，可是人们的目光，已经多出几分狐疑。终于，有人说：我们直接把钱捐给红十字会，不更好吗？

没有人说话。可是那些目光，分明有了赞同的意思。

甚至，已经捐过钱的那些人，也开始后悔——骗子们所利用的，不正是人们的善良和同情心吗？

更何况，在那时，几乎所有人，都没有意识到地震的严重性。

又是一曲终了。募捐者喘一口气，掏出一张纸片，递给围观者。这上面，有中国红十字会的地址和账号，她说：你们可以把钱，直接寄到这个地址，或者汇到这个账号。

你怎么会有红十字会的账号？

我以前，给他们汇过钱。

你？汇过钱？惊讶的表情和语气。

是的。我汇过。

可是我们怎么相信你？

我真的没有办法让你们相信。募捐者紧咬着嘴唇，我只能，凭我的良心。

募捐者的歌声，再一次响起来。只是这次，她在募捐箱的旁边，放上一个精致的花瓶——显然她已经向围观者缴械——花瓶只代表了自己——代表着乞讨、卖艺，甚至索要——花瓶里散落着一些零钞——在平时，这个花瓶，这个花瓶里零零散散的钞票，是她能够活下去、能够继续在大街上唱歌的唯一保障。

有零钞投进去。很少。

终于，黄昏时，募捐者等来一位老人。一位靠乞讨生存的老人，白了头发和胡须，皱纹间落满尘土和苦难。募捐者把纸箱里的所有钱递给老人，把花瓶里的所有钱递给老人，又把手心里的纸条递给老人。募捐者说：您过马路，小心点……

老人走进离他们最近的银行。

老人将钱细细地数一遍，又一遍，然后，交给窗口的工作人员。老人候在那里，表情淡定并且哀伤。突然老人说：等一下。他翻遍所有的口袋，然后，将几枚硬币，恭恭敬敬地捧进窗口。

老人沿原路返回，走得很慢。老人佝偻着身子，步履蹒跚。老人递给募捐者一个装着两个轮子的丑陋并且简陋的木板车。老人说回家吧我的孩子……今天晚上，咱们，毕竟还有一个，能够遮风挡雨的家。

募捐者冲老人笑笑，点头。募捐者冲身边的人笑笑，说：今天晚上，从电视里，或许，你们就能看到这个账号……我只想为那些苦难中的同胞做点事情……我不会说谎……凭我的良心。

在老人的帮助下，募捐者吃力地挪上那个木板车。围观者顿时发出一声惊呼，他们发现，那个募捐者，膝盖以下，空空如也。

把脸洗干净

母亲带着儿子，敲开一家柴门。冬天很冷，他们在别人家的屋檐下缩了一夜。清晨，该吃早饭了，他们却没有饭吃——因为没饭吃，所以要饭吃，但大多数时，他们仍然没饭吃。

开门的是一位老人。那是一个破败的院落，看得出老人的日子并不比他们好多少。

老人看着他们，搓着手。

昨天晚上，刚送走三个人。她说，都是逃荒的……这年头，唉……

母亲微笑着，看着老人，等着她往下说。

家里实在……不过如果您不嫌弃，可以等一会儿，和我一起吃一口……

母亲看看儿子，儿子充满期待地看着她。母亲对儿子说：咱们还不太饿，是不是？

儿子不说话。

我们打扰您，不是为了要口饭吃。母亲抬起头，对老人说，我想跟您要一盆水，冷水就行，我和儿子洗把脸。

老人愣了愣，冲母亲笑笑，回屋，砸开水缸里的冰，舀一盆冷水，又从稻草编的暖瓶里倒一点开水，兑好，端给母亲。母亲说声"谢谢"，对儿子说：儿，洗把脸吧。

这是儿子第一次随母亲出来乞讨，也是他第一次在别人家洗脸。虽然他认为洗脸并非什么大事，他甚至认为脏兮兮的模样才更像乞丐，才更能打动或者欺骗那些施舍者，但他还是听话地弯下腰，认真地洗着脸。

老人回屋。她想给他们找出点什么可吃的东西，然她什么也没有找到。不过她从晾绳上取下一条毛巾。毛巾很破，却很干净。她将毛巾放到炕头烘热，她希望冰天雪地里，那个孩子能暖和一些。

院子里，孩子洗着脸，母亲静静地看着他。

为什么要洗脸？他问母亲。

把脸洗干净，别人才看得起咱们。

可是咱们是要饭的。

咱们是要饭的，但咱们有尊严。把脸洗得干干净净，人才能活得干干净净。等灾荒过去，等你长大，再想起这件事，你就会感谢这段时间里，你每天都把脸洗得干干净净。

干干净净地乞讨，是这样吗？

干干净净地乞讨，是这样。

母亲将毛巾还给老人，老人摆摆手，说：送给你们吧。路上用得着。

母亲带着儿子，带着老人送她的毛巾，安静地离开。寒风萧萧的冬日，走在母亲身边的儿子虽然很饿，却还是使劲地挺直了身子。

如果你足够优秀

多年前一个夏天，我选择了报考美术师专。复试在县城的美专进行，因为全校只有我一个人通过初试，所以复试是没有老师陪同的。参加复试的头一天，父亲问我：需要我陪你去吗？我说：不用了。父亲说那你一个人去好了。反正我去了，也帮不上你什么忙。于是第二天早晨，我一个人挤上通往县城的唯一一班公共汽车。

那是我第一次出远门。那年我十七岁。

下了汽车，按照父亲的嘱咐，我寻了一家旅店。我记得自己很紧张，结结巴巴地跟服务员要着房间。然后我找到了第二天要进行复试的考场。考场设在那个美术师专的一间教室，在那里，我第一次见到那么多的画夹画板，第一次见到真正的石膏模型。我兴奋得浑身战栗。能在这样的教室里画画，我愿意用所有的代价交换。已经来了很多考生，他们坐在教室里，在老师或者父母的指导和陪同下打着线条。没有多余的位子，我在那里待了一会儿，熟悉了一下环境，就离开了。

那天我彻夜未眠。躺在陌生的旅店，兴奋与紧张紧紧将我裹挟。我想明天将注定是我一生中的一个非常重要的日子。假如我发挥得好，就将实现画一辈子画的梦想；假如发挥得不好，那么，极有可能，我会和我的那些父辈一样，将自己的一生，消耗在地头田间。当我第三次起床喝水，天已经亮了。

那天我发挥得糟糕透了。我想即使我发挥得再好也没有用，因为，在等待进考场的时间里，我听到一些考生的风言风语。他们说考试完全是一种形式，而最终的人选，其实早已内定。他们的话似乎是有道理的，因为我看到校门口的轿车排成一排，我看到很多可疑的人站在那里鬼鬼祟祟交头接耳。那是我第一次感觉到世界的可怕。那是我第一次感觉原来还有另一种力量可以操纵一件事情的结局，并轻易埋葬一个人的梦想。

考场上，我告诉自己不要紧张，可是我做不到。我的手心里全都是汗。我不停地用着橡皮——稍有素描常识的人都知道，过多用橡皮是素描中的大忌。总之那天我的发挥异常糟糕，我稀里糊涂地交了考卷，垂头丧气地回了家。

父亲在村口接我。他不停地给我讲这两天来村子里发生的事。他做了一桌子菜，打开一瓶酒。他第一次把我当成一个男人，他给我的酒杯里倒满了酒。那天我和父亲说了很多话，但唯独没有谈起考试的事。其实用不着问，父亲能从我的眼神里读到一切。

两个多月后，仍然没有盼来录取通知书，我知道，我考上美专的最后一丝希望彻底破灭了。我终于跟父亲讲起那天的事，我告诉他被录取的人员可能内定得差不多了。为证明我的话是真的，我给父亲举了很多例子。父亲听后，看了我很久。他说：我相信你说的那些都是真的。可是，如果你足够优秀，那么，他们就没有不录取你的道理。现在你被淘汰了，你怨不得别人。你被淘汰的理由只有一个——你还不够优秀。

我想父亲的话是对的。美术考场的特点是，每个人的画作都是开放的，别人都可以轻易看到。假如我发挥正常，那么，或许我还有被录取的可能；假如我技惊四座，那么，他们肯定会将我录取。可是那天我的发挥是如此糟糕——我看了很多考生的作品，他们画得都比我好。

有时候就是这样。这世上的确有龌龊、有阴暗，有我们想不到的复杂。我们不喜欢这一切，可是我们无法改变。然而我们可以改变自己。我们可以努力把自己变得非常优秀。当你变得足够优秀，你才有战胜这些龌龊和阴暗的可能。当你的才华光芒四射，任何龌龊和阴暗，都不能够将之遮挡。

当然，很有可能，你一辈子都达不到足够优秀。可是你应该有将自己变得足够优秀的想法，并将这个想法，变成自己的行动。假如你只为"变得足够优秀"而活，那么，首先，你不会变得龌龊和阴暗，其次，你会快乐，第三，你极有可能真的变得足够优秀。

现在我所从事的，是与画画毫不相干的职业。可是多年来我一直相信父亲的话：只要你没有成功，只要你被别人击败，就证明你还不够优秀，这时所有的怨天怨地，都是悲观和毫无作用的。你必须让自己变得更加优秀——这不是对龌龊和阴暗的妥协，这是另一种乐观的人生态度。

图书在版编目（CIP）数据

一寸光阴一寸暖 / 周海亮著 .-- 北京：作家出版社，
2019.7

ISBN 978-7-5063-9528-1

Ⅰ.①一…　Ⅱ.①周…　Ⅲ.①散文集－中国－当代
Ⅳ.① I267

中国版本图书馆 CIP 数据核字（2017）第 150498 号

一寸光阴一寸暖

作　　者：周海亮
责任编辑：省登宇
特约策划：黄　兴
装帧设计：四　夕
封面绘图：小　乔
出版发行：作家出版社有限公司
社　　址：北京农展馆南里 10 号　　　邮　　编：100125
电话传真：86-10-65067186（发行中心及邮购部）
　　　　　86-10-65004079（总编室）
E-mail:zuojia @ zuojia.net.cn
http://www.zuojiachubanshe.com
印　　刷：中煤（北京）印务有限公司
成品尺寸：142×210
字　　数：170 千
印　　张：7.75
版　　次：2019 年 7 月第 1 版
印　　次：2019 年 7 月第 1 次印刷
ISBN 978-7-5063-9528-1
定　　价：29.00 元